Fabienne Schmaus

Klett KomplettTrainer Französisch 1. Lernjahr

Gymnasium Der **komplette** Lernstoff

Klett Lerntraining

01

Die Audiodateien zu diesem Titel findest du unter
http://www.klett-lerntraining.de/6W2E
oder scanne den QR-Code.

Aufnahmestudio: Bauer Studios GmbH, Ludwigsburg
Sprecher: Christine Seguret, Regis Titeca, Benoît Gourdin, Eric Choquet, Clementine Bied-Charreton, Sylvie Eckert

Bibliografische Information der Deutschen Nationalbibliothek
Die Deutsche Nationalbibliothek verzeichnet diese Publikation in der Deutschen Nationalbibliografie; detaillierte bibliografische Daten sind im Internet über http://dnb.dnb.de abrufbar.

2. Auflage 2022

www.klett-lerntraining.de; kundenservice@klett-lerntraining.de

Satz: tebitron gmbh, Gerlingen
Druck: Gebr. Geiselberger GmbH, Altötting
Printed in Germany
ISBN 978-3-12-927598-6

Inhalt

So übst du mit diesem Buch

Liebe Schülerin, lieber Schüler,

der KomplettTrainer Französisch Gymnasium 1. Lernjahr ist genau das Richtige für dich, wenn du den Lernstoff wiederholen, üben und deinen Lernstand testen willst.

Alle Kapitel sind gleich aufgebaut, so findest du dich schnell zurecht. Gehe am besten so vor:

1. Suche dir aus dem Inhaltsverzeichnis das Thema heraus, das du wiederholen möchtest.
2. Sieh dir zuerst an, was im Wissenskasten **WISSEN** steht. Wir haben für dich wichtige Regeln und Merksätze mit Beispielen zusammengestellt. Wenn du in dem Thema schon fit bist, genügt dir sicher ein kurzer Blick. Bist du unsicher, lies die Erklärungen genau durch.
3. Mit den (unterschiedlich schwierigen) Übungsaufgaben kannst du jetzt üben, üben, üben. Schwierige Aufgaben haben wir mit einem Sternchen * versehen.
   Mit den ausführlichen Lösungen am Ende des Buches überprüfst du deine Ergebnisse.
   Aufgaben mit Audio-Dateien sind mit dem Symbol (01) gekennzeichnet. Du kannst entweder den QR-Code scannen oder den Link http://www.klett-lerntraining.de/6W2E aufrufen. Alle gesprochenen Texte findest du zusätzlich in den Lösungen der jeweiligen Aufgabe abgedruckt.
4. Hast du ein Kapitel durchgearbeitet, mache den **TEST** am Kapitelende. Vermischte und übergreifende Aufgaben überprüfen deinen Kenntnisstand. Vergleiche deine Ergebnisse mit den Lösungen und gib dir Punkte.
5. Mithilfe der Checkliste ✓ siehst du dann sofort, was du gut gelernt hast. Du kannst dort auch ablesen, welche Themen und Aufgaben du wiederholen solltest.

Mit deinem Lernplan behältst du immer den Überblick!

Für jedes Kapitel kannst du hier abhaken, was du bereits erledigt hast.

Mein Lernplan

		Übungen im Buch	Übungen online
1	Nomen, Artikel und Mengenangaben		
2	Begleiter des Nomens		
3	Das Adjektiv		
4	Die Verben *être* und *avoir* im Präsens		
5	Zahlen und Zeitangaben		
6	Verben im Präsens		
7	Das Präsens, das *Futur composé* und der Imperativ		
8	Das *Passé composé*		
9	Die Präpositionen		
10	Der Satz im Französischen		
11	Leseverstehen		
12	Hörverstehen		

1 Nomen, Artikel und Mengenangaben

1.1 Der bestimmte Artikel

WISSEN

Im Französischen gibt es zwei grammatische Geschlechter:
Maskulinum (die männliche Form) und **Femininum** (die weibliche Form).

Ein Nomen kann im Französischen **nie alleine stehen**. Es steht immer in Verbindung mit einem Begleiter. Ein Begleiter kann der **bestimmte Artikel** sein.
Im **Singular** heißt er
in der männlichen Form: ***le***
in der weiblichen Form: ***la***

Im Deutschen heißen die Artikel: der, die oder das.

Den Artikel eines französischen Nomens lernst du am besten immer gleich mit dem Nomen zusammen, denn das grammatische Geschlecht kann anders sein als beim deutschen Nomen.

le frère	(der Bruder)
le chat	(die Katze)
le cadeau	(das Geschenk)
la rue	(die Straße)
la voiture	(das Auto)

Der **Plural** ist unabhängig vom Geschlecht immer: ***les***

les frères	(die Brüder)
les rues	(die Straßen)

Beachte:
Beginnt das Nomen, das dem Artikel folgt, mit einem **Vokal** (also a, e, i, o, u) oder mit einem **stummen h,** werden *le* und *la* auf *l'* verkürzt:

l'affiche	(weiblich)	(das Plakat)
l'arbre	(männlich)	(der Baum)
l'homme	(männlich)	(der Mann)

1.6 Mengenangaben

WISSEN

Um Mengenangaben auszudrücken, brauchst du ein **Mengenwort** und die Präposition ***de***. Beides stellst du vor das Nomen:

beaucoup de pain	(viel Brot)
moins de devoirs	(weniger Hausaufgaben)

De vor einem Vokal oder einem stummen h wird zu *d'* verkürzt:

un peu d'eau	(ein wenig Wasser)

Beachte:

Die Verneinung zählt auch als Mengenangabe. Im Deutschen verwendest du in diesem Fall *kein/keine:*

Je **n'**ai **pas de** chien.	(Ich habe keinen Hund.)

Kannst du **jedes einzelne Stück** in der angegebenen Menge zählen, dann steht das Nomen im **Plural**:

un kilo de pommes	(ein Kilo Äpfel)

Ist das Nomen **nicht zählbar**, steht es im **Singular**:

100 grammes de sucre	(100 g Zucker)

13

Verbinde die zusammengehörenden Satzteile.

a) Il y a beaucoup	choses.
b) Elle a un	peu de travail.
c) Nous n'avons pas assez	d'élèves.
d) J'ai un peu	faim.
e) Il demande beaucoup de	trop !
f) Non, c'est	un peu de pizza ?
g) Est-ce que tu prends	d'exercices.

14

Verbinde die Elemente, die zusammenpassen.

a) une bouteille	d'eau
b) une liste	de chocolat
c) une tablette	de jus de pommes
d) un kilo	de pommes
e) deux bouteilles	de livres

15

Denke auch an den Apostroph!

Ergänze die Sätze mit *beaucoup de, pas de, assez de*.

a) À la maison, nous avons 1000 livres. Ce sont ______________ livres.

b) Dans mon quartier, il n'y a ______________ musée.

c) Nils a ______________ argent : il va chercher un portable.

d) Merci, j'ai ______________ eau !

e) Il n'y a pas ______________ filles dans ma classe.

f) Je prends 5 kilos de fraises : ce sont ______________ fraises !

16

Erstelle eine Einkaufsliste.

a) Äpfel
b) Erdbeeren
c) Saft
d) Kuchen

3 Kilo
1
1 Kilo
5 Flaschen

a) *3 kilos de pommes*

b) ______________________________

c) ______________________________

d) ______________________________

1

Schreibe die Sätze im Singular bzw. im Plural auf.

a) Voilà les voitures. *Voilà* ______

b) Voilà les oncles de Fabrice. *Voilà* ______

c) Voilà les exercices de Marie. *Voilà* ______

d) Voilà le devoir. *Voilà* ______

points: ___ *max. 4*

2

Bilde die fehlende Form.

	Singular	Plural
a)	la chaise	
b)	l'idée	
c)		les CD
d)		les maisons
e)	le gâteau	
f)	le jeu	
g)	l'animal	

points: ___ *max. 7*

3

Bringe die Buchstaben in die richtige Reihenfolge.
Gib immer die Singular- und die Pluralform an.

a) r i a t q r e u *le quartier, les quartiers*

b) l e i l f ______

c) r e d i u r a n o t ______

d) n o s n a h c ______

e) a g u e t â ______

points: ___ *max. 4*

4

Welches Nomen passt in die Lücke? Ergänze.

téléphone **télévision** **musique** **film** **guitare**

a) écouter de la ____________________

b) parler au ____________________

c) regarder un ____________________

d) regarder la ____________________

e) jouer de la ____________________

points: ____ max. 5

5

Vervollständige die Sätze mithilfe der Hinweise in Klammern.

a) Henriette chante ______________________________.
(viele Lieder)

b) Moi, j'ai ______________________________!
(genug Probleme)

c) Charles a ______________________________.
(zu viele DVDs)

d) Tu ________ as ______________________________?
(keine Freunde)

e) Ils ont ______________________________.
(wenige Bücher)

f) Les Dupont ont ______________________________.
(viele Katzen)

points: ____ max. 6

Total: ____ max. 26

Compte bien les bonnes réponses. C'est un point par réponse.
Dans ce test, tu peux avoir au total **26 points**

Du hast **Kapitel 1 – Nomen, Artikel und Mengenangaben** durchgearbeitet. Anschließend hast du die Testaufgaben gelöst und deine Punkte zusammengezählt.

In der Checkliste kannst du nun alle Testaufgaben abhaken, bei denen du besonders gut abgeschnitten hast. Wenn du bei einigen Aufgaben noch nicht die volle Punktzahl erreicht hast, wiederhole einfach die Übungen, die in der letzten Spalte der Tabelle angegeben sind.

Meine Checkliste

Testaufgabe	Thema	Konnte ich gut lösen	Ich hatte Fehler und wiederhole deshalb die Übungen
1	Der bestimmte Artikel Nomen – Singular und Plural		1 – 2 9 – 11
2	Der bestimmte Artikel Nomen – Singular und Plural Unregelmäßige Pluralformen bei Nomen		1 – 2 9 – 10 12
3	Nomen – Singular und Plural Unregelmäßige Pluralformen bei Nomen		9 – 11 12
4	Der bestimmte und der unbestimmte Artikel		3 – 5
5	Die Mengenangaben		13 – 16

2 Begleiter des Nomens

2.1 Die Personalpronomen

WISSEN

Die Personalpronomen, auch Subjektpronomen genannt, stehen immer in Verbindung mit einem Verb. Sie lauten:

je/j'	ich	nous	wir
tu	du	vous	ihr/Sie
il/elle	er/sie/es	ils/elles	sie/sie

Vor einem Vokal oder einem stummen h wird *je* zu *j'*:
J'habite à Berlin. (Ich wohne in Berlin.)

In der **Umgangssprache** wird für die erste Person Plural oft ***on*** statt *nous* verwendet:
Nous parlons. – On parle. (Wir reden.)

Il vertritt ein männliches, ***elle*** ein weibliches Nomen.

Beide Pronomen vertreten sowohl Personen als auch Sachen:
Le chien a 3 ans. – Il a 3 ans. (Er ist 3 Jahre alt.)
Léa est là. – Elle est là. (Sie ist da.)

Beachte: Nur wenn alle genannten Nomen/Personen weiblich sind, sagt man *elles*, sobald auch nur eins oder einer männlich ist, sagt man immer *ils*. Auf Deutsch heißt es aber immer: *sie* (3. Person Plural):
Pierre et André ont 12 ans.
– Ils ont 12 ans. (Sie sind 12 Jahre alt.)
Claire et Marie sont là.
– Elles sont là. (Sie sind da.)
Claire, Marie et Pierre habitent à Paris.
– Ils habitent à Paris. (Sie wohnen in Paris.)

Vous steht sowohl für 2. Person Plural (ihr) als auch für die Höflichkeitsform (Sie). Du musst also genau wissen, wer gemeint ist.
Vous avez deux chats. (Ihr habt zwei Katzen./Sie haben zwei Katzen.)

1

Markiere alle Subjektpronomen in der Buchstabenschlange.

j e a p p e l e r t u i l m a m a n e l l e o m c o u r t c e t t e

n o u s j o u e r f é v r i e r v o u s m a r s i l s e l l e s i c i

2

Verbinde die zusammengehörenden Sätze.

a) Christelle ? →	Il habite maintenant en Espagne.
b) C'est Jean.	→ Elle est très jolie !
c) Je suis Sandra Florin.	Ils sont en cinquième.
d) Sandro et Anne-Marie ?	Tu vas au foot ?
e) Salut, Luc !	J'ai 12 ans.

3 ★

Übersetze.

a) Marie und Corinne? Sie sind müde.

____

b) Wir haben Angst!

____

c) Léa, Valérie und Hugo? Sie haben eine Katze.

____

d) Ihr seid in der Klasse 5 a.

____

2.2 Die Pronomen *moi* und *toi*

WISSEN

Moi und ***toi*** sind unverbundene Personalpronomen. Man nennt sie auch **betonte Personalpronomen**.

Moi steht für die 1. Person Singular und *toi* für die 2. Person Singular.

Diese Pronomen verwendest du in drei Fällen:

- nach Präpositionen.
  C'est pour **moi**. (Es ist für mich.)
- in verkürzten Sätzen.
  On arrive à 14 heures. Et **toi** ? (Wir kommen um 14 Uhr an. Und du?)
- um etwas hervorzuheben.
  Moi, je vais à la piscine. (Ich gehe ins Schwimmbad.)

Im Deutschen haben diese Pronomen keine direkte Entsprechung. Die Hervorhebung erfolgt nur über eine besondere Betonung in der Aussprache: Ich gehe ins Schwimmbad und **du**?

4

Wie geht es weiter? Kreuze an.

a) Ça va ?
- ☐ Oui, et toi ?
- ☐ Merci, je vais à l'école.

b) Moi, je m'appelle Miriam.
- ☐ Et moi ?
- ☐ Et toi ?

c) Je m'appelle Karine.
- ☐ Et moi, je suis Bella.
- ☐ Et toi ? Tu t'appelles Karine ?

d) Tu es Doris ?
- ☐ Oui, et toi ?
- ☐ Non, et moi ?

e) Tu t'appelles comment ?
- ☐ Moi, c'est Adam.
- ☐ Moi, ça va.

f) Salut ! Je suis Lili !
- ☐ Et moi, Chloé !
- ☐ Et moi ?

2.3 Die direkten Objektpronomen

WISSEN

Direkte Objektpronomen ersetzen **direkte Objekte**.
Sie lauten:

me/m'	mich
te/t'	dich
le/la/l'	ihn/sie/es
nous	uns
vous	euch/Sie
les	sie

Le livre ? Je **le** cherche. (Ich suche es.)
Moi ? Tu **me** cherches ? (Suchst du mich?)
Pierre et Karine ? Je ne **les** trouve pas. (Ich finde sie nicht.)

Vor einem Vokal oder einem stummen h werden *me*, *te* zu *m'*, *t'* und *le*, *la* werden beide zu *l'*:
Lucie ? Je **l'**invite. (Ich lade sie ein.)

Im Französischen stehen die Objektpronomen **vor dem Verb**, zu dem sie gehören:
Il **la** regarde. (Er schaut sie an.)

5

Das **farbige** Wort in der linken Spalte wurde rechts durch ein Pronomen ersetzt. Verbinde die passenden Sätze.

a) Je regarde **le professeur**. →	Il les fait aujourd'hui ?
b) Jean fait **ses devoirs**.	Et ils ne l'aiment vraiment pas !
c) Cécile a un **livre**.	→ Pourquoi tu le regardes ?
d) Ils n'aiment pas **le rap**.	Oui, je la cherche.
e) Tu cherches **ta clé** ?	Elle l'a en anglais ?

6

Manchmal sind beide Lösungen richtig!

Was ersetzt das Objektpronomen? Kreuze an.

a) Appelle-la !
- ☐ Sandrine
- ☐ Lucie et Sophie

b) Ils le prennent.
- ☐ le dessert
- ☐ le cahier

c) Il les commence.
- ☐ les crayons
- ☐ ses devoirs

d) Tu me regardes ?
- ☐ tu
- ☐ je

e) Nous l'aimons.
- ☐ la danse
- ☐ la cuisine française

f) Vous l'écoutez ?
- ☐ tu
- ☐ il

7

Antworte auf die Fragen. Verwende dabei Objektpronomen, um Wiederholungen zu vermeiden.

a) Vous chantez la chanson ?

Oui, nous la chantons ______________________.

b) Vous avez les crayons ?

Oui, nous ______________________.

c) Tu fais tes exercices ?

Oui, ______________________.

d) Tu m'aimes ?

Oui, ______________________.

17

Was passt in die Lücke: *ce*, *cette* oder *ces*? Ergänze.

a) Elle mange __________ pommes ?

b) __________ garçon est sympa !

c) Et __________ fille est géniale !

d) Nous ne faisons pas __________ exercices.

e) __________ chambre est jolie.

f) __________ élèves travaillent bien.

g) __________ film est intéressant.

h) Vous avez __________ CD chez vous?

18

Übersetze.

a) dieses Buch __________________________

b) dieses Auto __________________________

c) diese Wohnung __________________________

d) diese Frau __________________________

e) diese Pullis __________________________

f) diese Schülerin __________________________

g) diese Katzen __________________________

h) dieser Mann __________________________

1

Ergänze die passenden Personalpronomen.

a) Stéphane, __________ cherches ton sac ?

b) __________ arrivons à 19 heures.

c) Paul et Marie ? __________ ne sont pas là ?

d) Monsieur Durand ? __________ est au travail.

e) __________ êtes la famille Houjin ?

f) __________ ai une tasse.

g) Julie et Andrea ? __________ sont à l'école.

points: ____ max. 7

2

Was passt in die Lücke? Kreuze an.

a) …, je m'appelle Valérie.

☐ Moi ☐ Toi

b) Et… ? Tu es Paul ?

☐ toi ☐ tu

c) On sonne à la porte. C'est… ?

☐ il ☐ toi

d) … est dans le garage.

☐ Il ☐ Moi

e) Mon frère est avec…

☐ moi ☐ je

f) … ne cherchons plus.

☐ Nous ☐ Vous

g) Bonjour ! C'est… ?

☐ toi ☐ tu

points: ____ max. 7

3

Ersetze den **fett gedruckten** Satzteil durch das richtige Objektpronomen.

a) Il prend **la bouteille**. ______________________

b) Julie cherche **les mots**. ______________________

c) Marc retrouve **ses copains**. ______________________

d) Je regarde **Nancy**. ______________________

e) Il mange **le dessert**. ______________________

points: ____ max. 5

4

Unterstreiche das passende Relativpronomen.

a) C'est Delphine **qui/que** est là.

b) Voici la ville **que/où** j'habite !

c) C'est la clé de la voiture **qui/que** je cherche.

d) La robe **qu'/qui** elle achète est noire.

e) Ma mère **qui/qu'** actrice travaille au théâtre.

f) Elle appelle son père **qui/où** est au travail.

g) Le pays **où/qu'il** va est en Afrique.

points: ____ max. 7

5

Die Familienverhältnisse ... Wer sind diese Personen für Lucie und Marc?
Ergänze das passende Possessivpronomen.

a) le frère de Lucie > C'est ________ frère.

b) la sœur de Marc > C'est ________ sœur.

c) le père et la mère de Marc > Ce sont ________ parents.

d) la tante de Lucie et Marc > C'est ________ tante.

e) Georgette et Lucien pour Marc ? > Ce sont ________ grands-parents.

points: ____ max. 5

6

Lies den Text. Was haben diese Personen mit Karine zu tun? Setze einen Possessivbegleiter ein.

Moi, je m'appelle Karine.

Tu connais Martin, Cécile, David, Simon, Xavier, Noémie et Émile ? Je t'explique !

Martin, c'est ________ frère et Cécile et David sont ________ parents. Simon et Xavier sont ________ cousins. Ils ont 12 et 15 ans. Noémie est ________ copine. Depuis 10 ans déjà ! Mais Émile, tu le connais ! C'est ________ chat !

points: ____ *max. 5*

7

Welcher Demonstrativbegleiter passt in die Lücke? Kreuze an.

	ce	cet	cette	ces
a) ____ fille est sympa.				
b) ____ garçon est super !				
c) ____ homme est très intelligent.				
d) ____ voiture est bleue.				
e) ____ hôtel est petit.				
f) ____ jardins sont très jolis.				

points: ____ *max. 6*

Total: ____ *max. 42*

Compte bien les bonnes réponses. C'est un point par réponse.
Dans ce test, tu peux avoir au total **42 points**.

Du hast **Kapitel 3 – Das Adjektiv** durchgearbeitet. Anschließend hast du die Testaufgaben gelöst und deine Punkte zusammengezählt.

In der Checkliste kannst du nun alle Testaufgaben abhaken, bei denen du besonders gut abgeschnitten hast. Wenn du bei einigen Aufgaben noch nicht die volle Punktzahl erreicht hast, wiederhole einfach die Übungen, die in der letzten Spalte der Tabelle angegeben sind.

Meine Checkliste

Test-aufgabe	Thema	Konnte ich gut lösen	Ich hatte Fehler und wiederhole deshalb die Übungen
1	Maskulinum und Femininum Singular und Plural		1 – 3 4 – 6
2	Maskulinum und Femininum Singular und Plural		1 – 3 4 – 6
3	Die Farbadjektive		12 – 14
5	Die Stellung des Adjektivs im Satz Maskulinum und Femininum Singular und Plural		7 – 11 1 – 3 4 – 6
6	Die Stellung des Adjektivs im Satz Maskulinum und Femininum Singular und Plural		7 – 11 1 – 3 4 – 6

4 Die Verben *être* und *avoir* im Präsens

4.1 *être* im Singular und Plural

WISSEN

Die Formen des Verbs ***être*** (sein) sind unregelmäßig.
Sie lauten:

je **suis**	(ich bin)
tu **es**	(du bist)
il/elle **est**	(er/sie/es ist)
nous **sommes**	(wir sind)
vous **êtes**	(ihr seid/Sie sind)
ils/elles **sont**	(sie sind)

Être ist auch ein Hilfsverb. Du wirst es später für die zusammengesetzten Zeiten oft brauchen.

1

Es oder *est*: Ergänze die Lücke mit der passenden Form.

a) Il ___________ huit heures.

b) Tu ___________ contente ?

c) C' ___________ bien !

d) Est-ce que tu ___________ là aujourd'hui ?

e) Elle ___________ sympa.

f) Et toi, tu ___________ d'accord ?

2

Kreuze die Plural-Formen von *être* an.

a) ☐ sommes ☐ son ☐ avons

b) ☐ et ☐ êtes ☐ ont

c) ☐ vont ☐ ont ☐ sont

3

Schreibe die Sätze um. Achte auf den neuen Satzanfang.

a) Je suis grand.

Pierre est grand. ______________________________

b) Tu es Karine.

Elle ______________________________

c) Il est de Paris.

Tu ______________________________

d) Suzanne est française.

Tu ______________________________

4

Hier fehlen die Verben. Ergänze mit der passenden Form von *être*.

a) – Salut ! Moi, je __________ Sophie, et toi ?

– Moi, je __________ Coraline.

b) – Et lui, c'__________ M. Dupont ?

– Non ! C'__________ M. Valeraud !

– Ah. M. Valeraud ! Il __________ professeur !

c) – Ella __________ très sympa !

– Comme toi ! Tu __________ aussi une fille géniale !

5

Fülle die Lücken mit der Form von *être*.

a) Les chaises ______________ dans la classe.

b) Ces garçons ______________ sympas.

c) Vous ______________ où ?

d) Ils ne ______________ pas là.

e) Est-ce qu'elles ______________ en France ?

6★

Setze die Sätze in den Plural. Beginne immer mit dem angegebenen Subjekt. Achte dabei auf die Verbformen!

a) Il est grand.

Ses enfants ______________________________

b) C'est très bon !

Les gâteaux ______________________________

c) Claire est à l'école.

Elles ______________________________

7★

Übersetze die Sätze.

a) Ich bin zufrieden.

____

b) Heute ist Jean bei Sophie.

____

c) Fabienne und Delphine sind in der Krankenstation.

____

Du hast **Kapitel 4 – Die Verben *être* und *avoir* im Präsens** durchgearbeitet. Anschließend hast du die Testaufgaben gelöst und deine Punkte zusammengezählt.

In der Checkliste kannst du nun alle Testaufgaben abhaken, bei denen du besonders gut abgeschnitten hast. Wenn du bei einigen Aufgaben noch nicht die volle Punktzahl erreicht hast, wiederhole einfach die Übungen, die in der letzten Spalte der Tabelle angegeben sind.

Meine Checkliste

Test-aufgabe	Thema	Konnte ich gut lösen	Ich hatte Fehler und wiederhole deshalb die Übungen
1	*être* im Singular und Plural		1 – 7
2	*être* im Singular und Plural		1 – 7
3	*avoir* im Singular und Plural		8 – 14
4	*être* im Singular und Plural *avoir* im Singular und Plural		1 – 7 8 – 14
5	*avoir* im Singular und Plural		8 – 14

5 Zahlen und Zeitangaben

5.1 Die Grundzahlen von 1 bis 100

WISSEN

0	zéro	10	dix	20	vingt
1	un(e)	11	onze	21	vingt-et-un
2	deux	12	douze	22	vingt-deux
3	trois	13	treize	23	vingt-trois
4	quatre	14	quatorze	24	vingt-quatre
5	cinq	15	quinze	25	vingt-cinq
6	six	16	seize	26	vingt-six
7	sept	17	dix-sept	27	vingt-sept
8	huit	18	dix-huit	28	vingt-huit
9	neuf	19	dix-neuf	29	vingt-neuf

30	trente	70	soixante-dix
40	quarante	80	quatre-vingts
50	cinquante	90	quatre-vingt-dix
60	soixante	100	cent

Tipps zum Lernen der Zahlen

- Die **beiden letzten Buchstaben** bei den Zahlen **von 11 bis 16** sind **immer gleich**:

11	on**ze**	14	quator**ze**
12	dou**ze**	15	quin**ze**
13	trei**ze**	16	sei**ze**

- Die volle Zehnerzahl wird meistens aus der dazugehörigen Einserzahl abgeleitet. Es gilt für die Zahlen von 30 bis 69:

3	**trois**	30	**trente**
4	**quatre**	40	**quarante**
5	**cinq**	50	**cinquante**
6	**six**	60	**soixante**

WISSEN

- Bei den Zahlen von 70 bis 100 musst du ein bisschen rechnen, weil die Zahl aus einer Rechnung entsteht:

70 = 60 + 10	**soixante-dix**
71 = 60 + 11	**soixante-et-onze**
72 = 60 + 12	**soixante-douze** usw. bis 79
80 = 4 x 20	**quatre-vingts**
81 = 4 x 20 + 1	**quatre-vingt-un**
82 = 4 x 20 + 2	**quatre-vingt-deux** usw. bis 89
90 = 4 x 20 + 10	**quatre-vingt-dix**
91 = 4 x 20 + 11	**quatre-vingt-onze**
92 = 4 x 20 + 12	**quatre-vingt-douze** usw. bis 99

Beachte:
- Das Wort *quatre-vingts* verliert das *-s*, wenn eine weitere Zahl folgt.
- Alle zusammengesetzten Zahlen können mit einem Bindestrich verbunden werden.

1

Was kostet wie viel? Trage den Preis in Zahlen ein.

a) un livre __________ *(neuf euros trois)*

b) un CD __________ *(huit euros dix)*

c) dix pommes __________ *(trois euros neuf)*

d) une chanson __________ *(un euro)*

e) un kilo de fraises __________ *(quatre euros cinq)*

f) une petite pizza __________ *(six euros)*

2 *

Übersetze. Schreibe dabei die Zahlen aus.

a) Ich bin 13 Jahre alt.

____

b) Ich lade 29 Freunde ein.

____

c) In der Klasse sind wir 11 Jungen und 19 Mädchen.

____

d) Es kostet 58 Euro.

____

e) Mein Vater ist 51 Jahre alt.

____

f) Paul hat 36 Bücher in seinem Zimmer.

____

3

Verbinde die Rechnung mit dem passenden Ergebnis.

a) soixante-dix + (plus) deux = (font)

b) quatre-vingt-dix-neuf – (moins) quatre-vingts =

c) cinquante et un + cinq =

d) soixante-huit + vingt et un =

e) soixante-douze – huit =

dix-neuf

quatre-vingt-neuf

soixante-douze

soixante-quatre

cinquante-six

5.5 Das Datum

WISSEN

Im Gegensatz zum Deutschen brauchst du für das **Datum** im Französischen **immer die Grundzahlen** (*un, deux, trois…*) **außer am ersten Tag des Monats**. Da brauchst du *premier*.

3 (trois) janvier	(3. Januar)
10 (dix) juillet	(10. Juli)

Aber:

1er (premier) avril	(1. April)

Auf die Frage:	kann man antworten:
Nous sommes le combien ?	Nous **sommes** le 23 mars.
(Den Wievielten haben wir?)	(Wir haben den 23. März.)

Beachte:
Anders als im Deutschen wird das Datum im Französischen **immer** mit **être** ausgedrückt!

8

Höre genau zu.
Kreuze das passende Datum an.

03

a) ☐ le 1.6 ☐ le 5.5
b) ☐ le 1.1 ☐ le 1.2
c) ☐ le 31.12 ☐ le 30.11
d) ☐ le 13.7 ☐ le 3.7
e) ☐ le 13.6 ☐ le 30.6

1

Schreibe die Zahlwörter auf Französisch.

a) 11 ____________________

b) 21 ____________________

c) 45 ____________________

d) 51 ____________________

e) 68 ____________________

f) 32 ____________________

points: ___ max. 6

2

04

Höre genau zu. Notiere die richtige Telefonnummer.
Es sind Zahlen von 0 bis 99 dabei!

a) ____________________

b) ____________________

c) ____________________

d) ____________________

points: ___ max. 4

3

Notiere die angegebene Uhrzeit auf Französisch wie im Beispiel.

8 h 30 *Il est huit heures et demie.*

a) 6 h 15 ____________________

b) 15 h 30 ____________________

c) 4 h 45 ____________________

d) 9 h 10 ____________________

points: ___ max. 4

4

Was machst du am Abend? Schreibe einen kleinen Text zu dem Bild. Wenn es möglich ist, lass deinen Text von jemanden prüfen, der Französisch kann. Für jeden Fehler ziehst du dir einen halben Punkt ab.

Le soir, nous ______

______

______

______

______

______

______ points: ___ max. 6

5

Sieh dir die beiden Blätter aus Léas Kalender an.
Beantworte die Fragen.

JUILLET	
01	Anniversaire de Sophie
02	
03	
04	Manger chez mamie

AOÛT	
01	
02	Anniversaire de Paul
03	
04 – 14	Vacances !!!

a) Quand est l'anniversaire de Paul ? ______

b) Quand est-ce que Léa mange chez mamie ? ______

c) Quand est l'anniversaire de Sophie ? ______

d) Léa va en vacances quand ? ______

e) Léa reste combien de jours en vacances ? ______ points: ___ max. 5

Compte bien les bonnes réponses. C'est un point par réponse.
Dans ce test, tu peux avoir au total **25 points**.

Total: ___ max. 25

Du hast **Kapitel 5 – Zahlen und Zeitangaben** durchgearbeitet. Anschließend hast du die Testaufgaben gelöst und deine Punkte zusammengezählt.

In der Checkliste kannst du nun alle Testaufgaben abhaken, bei denen du besonders gut abgeschnitten hast. Wenn du bei einigen Aufgaben noch nicht die volle Punktzahl erreicht hast, wiederhole einfach die Übungen, die in der letzten Spalte der Tabelle angegeben sind.

Meine Checkliste

Testaufgabe	Thema	Konnte ich gut lösen	Ich hatte Fehler und wiederhole deshalb die Übungen
1	Die Grundzahlen von 1 bis 100		1 – 3
2	Die Grundzahlen von 1 bis 100		1 – 3
3	Die Uhrzeit Die Grundzahlen von 1 bis 100		4 – 5 1 – 3
4	Die Tageszeiten		6
5	Wochentage und Monate Das Datum		7 8

5

Bilde sinnvolle Sätze. Achte dabei auf die Verbformen!

a) ils/travailler/beaucoup

Ils travaillent beaucoup.

b) les/la/élèves/regarder/BD

___

c) je/frère/chercher/mon

___

d) adorer/nous/sport/le

___

e) vous/les/aimer/pommes/?

___

6 ★

Übersetze.

a) Sie sucht ihre Mutter.

___

b) Wir reden viel.

___

c) Sophie und Marc lieben die Musik.

___

d) Du fragst deinen Vater.

___

e) Ich schaue das Buch an.

___

6.2 Besonderheiten bei Verben auf *-er*

WISSEN

Manche Verben auf *-er* weisen in einigen Formen **Besonderheiten** auf. Diese Änderungen haben meistens einen Einfluss auf die Aussprache.

- Bei allen Verben mit Endung auf *-ger:*
  besondere Verbform bei *nous*
  manger (essen) nous mangeons

- Bei allen Verben mit Endung auf *-cer*:
  besondere ç-Form bei *nous*
  commencer (beginnen) nous commençons

- Bei allen Verben mit Endung auf *-eter*:
  Verwendung der Akzente bei manchen Formen
  acheter (kaufen) j'achète
  tu achètes
  il/elle achète
  nous achetons
  vous achetez
  ils/elles achètent

- Bei allen Verben mit Endung auf *-yer*:
  Wechsel zwischen *-y-* und *-i-* bei manchen Formen
  payer (zahlen) je paie
  tu paies,
  il/elle paie
  nous payons
  vous payez
  ils/elles paient

- Bei allen Verben mit Endung auf *-eler*:
  Einführung eines zweiten *-l-* bei manchen Formen
  appeler (anrufen) j'appelle
  tu appelles
  il/elle appelle
  nous appelons
  vous appelez
  ils/elles appellent

7

In der Buchstabenschlange haben sich sechs Verbformen im Präsens versteckt. Kreise sie ein.

a c h è t e n t e e r i e n a p p e l l e k a c o m m e n c e n t

b o u g e n t h i a s s p a i e s c h a d g w l q i r h e f a c p r

e n t m c h s d d g w i o m a n g e o n s e d p f n k o o u t h

8

Notiere die Infinitive der Verben aus Aufgabe 7.

____

____

____

____

____

____

9

Setze das Verb in die richtige Form.

a) acheter tu ____________________

b) commencer nous ____________________

c) s'appeler je m' ____________________

d) payer ils ____________________

6.3 Regelmäßige Verben auf *-re*

WISSEN

Auch die regelmäßigen Verben auf *-re* bilden eine größere Gruppe von Verben im Französischen.

Du bildest das Präsens, indem du die Infinitiv-Endung *-re* durch *-s, -s, -Ø (keine Endung), -ons, -ez* und *-ent* ersetzt:

attend**re**	(warten)	j'	attend**s**
		tu	attend**s**
		il/elle	attend
		nous	attend**ons**
		vous	attend**ez**
		ils/elles	attend**ent**

Nach diesem Muster werden z. B. auch *perdre* (verlieren), *entendre* (hören), *répondre* (antworten), *rendre* (zurückgeben) oder *vendre* (verkaufen).

Achtung: Verben wie *prendre* (nehmen) und seine abgeleiteten Formen werden nach einem anderen Muster gebeugt!

10

Trage die fehlenden Verbformen in die Tabelle ein.

attendre (warten)	entendre (hören)
j'*attends*	j'
tu	tu *entends*
il/elle	il/elle
nous	nous
vous	vous *entendez*
ils/elles *attendent*	ils/elles

6.4 Besondere Konjugationen bei Verben auf *-re*

WISSEN

Es gibt auch eine ganze Reihe von Verben mit Endung auf *-re*, die vom regelmäßigen Muster abweichen.

Bei *prendre* musst du besonders auf die Pluralformen achten:

prendre	(nehmen)	je prends, tu prends, il/elle prend nous prenons, vous prenez, ils/elles prennent

Ebenso bei *apprendre* (lernen) oder *comprendre* (verstehen).

Auch diese Verben haben **besonderen Formen**:

lire	(lesen)	je lis, tu lis, il/elle lit, nous lisons, vous lisez, ils/elles lisent
écrire	(schreiben)	j'écris, tu écris, il/elle écrit, nous écrivons, vous écrivez, ils/elles écrivent
dire	(sagen)	je dis, tu dis, il/elle dit, nous disons, vous dites, ils/elles disent
mettre	(anziehen, legen, …)	je mets, tu mets, il/elle met, nous mettons, vous mettez, ils/elles mettent
boire	(trinken)	je bois, tu bois, il/elle boit, nous buvons, vous buvez, ils/elles boivent

11

Bringe die Buchstaben in die richtige Reihenfolge. Es handelt sich jeweils um eine Form des Verbs *prendre*.
Schreibe sie zusammen mit ihrem Personalpronomen auf.

a) e r p d n ______________________

b) r z n p e e ______________________

c) n n n e e p r t ______________________

12

Fülle die Lücken mit der Form von *prendre*.

a) Je ne ____________________ pas d'eau.

b) Vous ________________ le DVD ?

c) Ils ________________ leurs vélos.

d) Tu ________________ le chien ?

e) Les élèves ________________ leurs livres.

13

Trage die fehlende Verbform der Verben *lire*, *écrire* und *mettre* im Wortgitter ein. Wie lautet das Lösungswort?

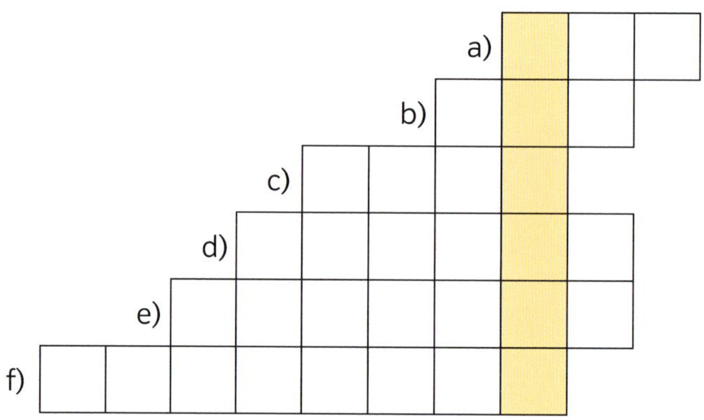

Lösungswort: ils/elles

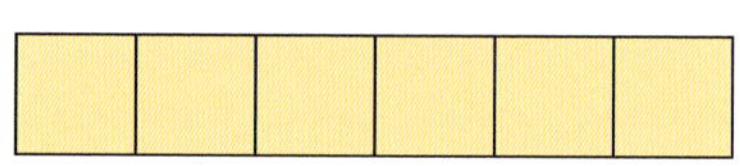

a) Delphine ____________________ un livre intéressant.

b) Tu ____________________ beaucoup.

c) Je ____________________ un t-shirt.

d) Vous ____________________ une robe ?

e) Nous le ____________________ sur la table.

f) Elles n' ____________________ pas.

14

Welche Verbform gehört zu welchem Personalpronomen?
Trage den Buchstaben vor dem Verb in die Tabelle ein.

D boivent **F** disons **E** boit

J disent **A** buvez **C** dit **B** bois

G buvons **H** dites **I** dis

a) je	b) tu	c) il/elle	d) nous	e) vous	f) ils/elles

15

Wie lauten die Formen auf Französisch?

a) ich trinke ______________________

b) er sagt ______________________

c) sie sagen ______________________

d) wir trinken ______________________

e) du sagst ______________________

f) ich sage ______________________

g) er trinkt ______________________

h) ihr trinkt ______________________

6.5 Regelmäßige Verben auf *-ir*

WISSEN

Die **regelmäßigen Verben** auf *-ir* bilden eine weitere größere Verbgruppe. Bei diesen Verben musst du besonders auf den Wortstamm achten.
Es gibt **zwei Kategorien** von Verben auf *-ir*: die Verben mit Stammerweiterung und die Verben ohne Stammerweiterung.

Für beide Kategorien brauchst du zur Bildung des Präsens die Endungen *-s*, *-s*, *-t*, *-ons*, *-ez* und *-ent*.

Verben auf *-ir* **ohne Stammerweiterung:**

sortir (ausgehen) je sors, tu sors, il/elle sort, nous sortons, vous sortez, ils/elles sortent

Ebenso für *partir* (weggehen, -fahren), *dormir* (schlafen) gebildet.

Verben auf *-ir* **mit Stammerweiterung,** (d.h. es wird ein *-ss-* **im Plural** eingeschoben):

choisir (auswählen) je choisis, tu choisis, il/elle choisit, nous choisissons, vous choisissez, ils/elles choisissent

Ebenso werden *finir* (beenden) oder *réfléchir* (überlegen) gebildet.

Achtung: Manche Verben auf *-ir* wie *venir* (kommen), *offrir* (schenken), *ouvrir* (aufmachen) oder *voir* (sehen) sind unregelmäßig!

Leider gibt es keine Merkmale, an denen du erkennen kannst, ob ein Verb auf -ir mit oder ohne Stammerweiterung gebeugt wird. Du musst es **auswendig lernen**.

16

Übersetze.

a) ich schlafe ______________________

b) du gehst aus ______________________

c) sie gehen weg ______________________

17

Verbinde die zusammengehörenden Satzteile.

a) Tu	pars à Toulouse.
b) Vous	partons dans deux jours.
c) Elle	dorment chez Paul.
d) Patrick et Stéphane	dors encore ?
e) Je	sort avec Florent.
f) Nous	partez quand ?

18

Ergänze unter den Bildern die passende Form von *dormir*, *sortir* oder *partir*.

a) il ______________

b) tu ______________

c) nous ______________

19

Wie schreibst du die Verbform, die du hörst? Kreuze an.

06

a) ☐ sort ☐ sors

b) ☐ dors ☐ dort

c) ☐ part ☐ partent

d) ☐ sortent ☐ sort

e) ☐ pars ☐ part

20

Bilde aus den Wörtern einen richtigen Satz. Manchmal musst du noch Wörter ergänzen.

a) elle/dormir/lit ____________________

b) il/sortir/soir ____________________

c) nous/partir/demain ____________________

____

d) aujourd'hui/je/dormir ____________________

e) ils/sortir/ensemble ____________________

____

f) elles/dormir/beaucoup ____________________

21

Setze die passende Form des eingeklammerten Verbs ein.

a) Elle ____________ le pull bleu. (*choisir*)

b) Tu ____________ à quelle heure ? (*finir*)

c) Il ____________ longtemps pour cet exercice. (*réfléchir*)

d) Je ____________ les devoirs. (*finir*)

e) Tu ne ____________ pas de dessert ? (*choisir*)

22

Setze die Sätze aus der vorigen Übung in den …

a) Elles ____________________

b) Vous ____________________

c) Ils ____________________

…us ____________________

e) Vous ____________________

6.6 Unregelmäßige Verben auf *-ir*

WISSEN

Viele Verben auf -ir sind unregelmäßig.

Bei *ouvrir* oder *offrir* ersetzt du die Infinitiv-Endung *-ir* durch die Endungen der Verben auf *-er*:

ouvr**ir**	(aufmachen)	j'ouvr**e**, tu ouvr**es**, il/elle ouvr**e**, nous ouvr**ons**, vous ouvr**ez**, ils/elles ouvr**ent**

Bei *voir* achte auf den Wechsel von *-i-* zu *-y-* im Plural:

vo**ir**	(sehen)	je **vois**, tu **vois**, il/elle **voit**, nous vo**y**ons, vous vo**y**ez, ils/elles v**oient**

Venir ist stark unregelmäßig:

ven**ir**	(kommen)	je **viens**, tu **viens**, il/elle **vient**, nous venons, vous venez, ils/elles **viennent**

23

Drei unregelmäßige Verben auf *-ir* haben sich hier versteckt. Kreise die drei Formen im Präsens ein.

f o t o m b e c c h e r c h e o u b o u v r e s p a t s b d f i

s o n t d i w s o m m e s e v o y o n s b e n e n d v i e n t

24

Schreibe die drei Formen aus Aufgabe 23 zusammen mit den passenden Personalpronomen auf. Notiere auch jeweils den Infinitiv.

____

____

____

____

25

Übersetze.

a) ich öffne ______________________

b) wir sehen ______________________

c) sie kommt ______________________

d) sie öffnen ______________________

e) ich sehe ______________________

f) sie kommen ______________________

26

Kreuze jeweils die richtige Antwort an.

a) Ils sont déjà là ?

- ☐ Non, ils viennent demain.
- ☐ Non, c'est là-bas !

b) Il arrive à 6 heures ?

- ☐ Non, ils viennent à 7 heures.
- ☐ Oui, il vient le matin.

c) Qu'est-ce que tu vois ?

- ☐ Les montagnes !
- ☐ Ils voient la mer.

d) Tu ouvres, s'il te plaît ?

- ☐ La porte ?
- ☐ Qui est là ?

e) Tu peux m'aider ?

- ☐ Pour ouvrir la bouteille ?
- ☐ Pour pouvoir aider ?

f) Vous voyez le bateau sur la photo ?

- ☐ Je vois la photo.
- ☐ Je ne le vois pas.

g) Tu viens ?

- ☐ Elle arrive !
- ☐ Attends, j'arrive !

h) Leur fils voit bien ?

- ☐ Leur fils ? Oui.
- ☐ Il le voit.

7 Das Präsens, das *Futur composé* und der Imperativ

7.1 Bejahte und verneinte Sätze im Präsens

WISSEN

Mit dem **Präsens** drückst du **Handlungen** oder **Erlebnisse** aus, die in der **Gegenwart** stattfinden.
Du kannst bejahte und verneinte Sätze bilden. Bei der Verneinung umschließt *ne ... pas* das konjugierte Verb.

Je **vais** au cinéma.	(Ich gehe ins Kino.)
Ils **sont** à l'école.	(Sie sind in der Schule.)

Die Konjugation der Verben im Präsens übst du in Kapitel 6.

Je **ne vais pas** au cinéma.	(Ich gehe nicht ins Kino.)
Ils **ne sont pas** à l'école.	(Sie sind nicht in der Schule.)

Tipp: Alle Formen der Verneinung übst du im Kapitel 10.

1

Welche Sätze stehen im Präsens? Kreuze sie an.

a) Je cherche mon cahier. ☐
b) Ella va habiter à Lyon. ☐
c) Regarde dans ton livre. ☐
d) Émile est allé au CDI. ☐
e) Sandro est content. ☐
f) Les enfants ont faim. ☐
g) Ça va. ☐
h) Ils ont téléphoné à Noémie. ☐

2

Setze das richtige Verb im Präsens ein.

aimer regarder rester manger faire commencer travailler

a) Tu ____________________ une photo.

b) Je t'____________________.

c) Le cours ____________________ à 7 heures 45.

d) Nous ____________________ la télévision.

e) Je ____________________ une pizza.

f) Ils ____________________ au bureau aujourd'hui.

g) Tu ____________________ à l'école après le cours ?

3

In diesem Text sind manche Verben im Infinitiv geblieben. Unterstreiche sie. Schreibe danach den Text ab und korrigiere die unterstrichenen Verbformen.

> Paul, Marc et Valérie habiter à Paris. Ils adorer leur quartier et leurs amis. Mais les parents de Paul ne sont pas contents : l'appartement être petit ! Alors ils chercher un autre appartement. (...) Maintenant, ils avoir une jolie maison à Montrouge. La mère de Paul être très contente ! Mais les enfants...

Paul, Marc et Valérie ____________________

____

____

____

____

____

4 ★

Was bedeuten die Sätze aus Übung 2 auf Deutsch? Übersetze.

a) ______________________________

b) ______________________________

c) ______________________________

d) ______________________________

e) ______________________________

f) ______________________________

g) ______________________________

5

Ergänze die Sätze mit dem angegebenen Verb im Präsens.

a) Il ne ____________ pas. *(arbeiten)*

b) Elle n'____________ pas. *(mögen)*

c) Nous ne ____________ pas de sport. *(machen)*

d) Tu ne lui ____________ pas. *(fragen)*

e) Ils ne ____________ pas. *(suchen)*

f) Il n'____________ pas sympa. *(sein)*

g) Vous n'____________ pas de cadeau. *(haben)*

6

Verneine die Sätze und konjugiere die Verben.

a) M. Dumoulin (être) de Paris.

M. Dumoulin n'est pas de Paris.

b) Elle (chercher) son chien.

____

c) Ils (trouver) la bibliothèque.

____

d) Marie (chanter).

____

e) Elles (aimer) les chats !

____

7

Bringe die Wörter in die richtige Reihenfolge und bilde sinnvolle Sätze.
Achte dabei auf die Verbformen!

a) Jeanne/ne/aimer/chiens/les/pas

Jeanne n'aime pas les chiens.

b) ne/inviter/je/pas/frère/mon

____

c) pas/le/ne/bon/gâteau/être

____

d) de/ne/Luc/danse/faire/pas

____

7.2 Das *Futur composé*

WISSEN

Das ***Futur composé*** verwendest du, wenn du eine Aussage über die Zukunft machen willst. Es wird mit den Präsensformen von *aller* und dem **Infinitiv des Verbs**, das die zukünftige Handlung benennt, gebildet.

Das Futur composé wird auch Futur proche genannt.

partir	(weggehen, wegfahren)	je	**vais**	**partir**
		tu	**vas**	**partir**
		il/elle	**va**	**partir**
		nous	**allons**	**partir**
		vous	**allez**	**partir**
		ils/elles	**vont**	**partir**

Bei der Verneinung umschließt *ne … pas* das konjugierte Verb *aller*.

Demain, il **va regarder** le film.	(Morgen wird er den Film anschauen.)
Ils ne **vont pas regarder** le film.	(Sie werden den Film nicht anschauen.)

8

Ergänze die Sätze im *Futur composé*.

das Museum besuchen

a) Il ______________________________.

in die Schule gehen

b) Tu ______________________________.

eine DVD anschauen

c) Nous ______________________________.

9

Übersetze und verwende das *Futur composé*.

a) ich werde machen ______________________

b) wir werden ansehen ______________________

c) sie wird nicht suchen ______________________

d) sie werden zuhören ______________________

10

Achte auf die Stellung der Verneinung!

Ergänze die Sätze mit dem Verb im *Futur composé*.

a) Ils ______________________. *(ne pas rester)*

b) Elle ______________________. *(ne pas travailler)*

c) Nous ______________________ de photos. *(ne pas prendre)*

11★

Übersetze diese Sätze. Benutze das *Futur composé*.

a) Sie wird mit ihrem Bruder telefonieren.

____

b) Ich werde Marie suchen.

____

c) Wir werden nicht mit Jean singen.

____

d) Sie werden das Buch nicht finden.

____

7.3 Der Imperativ

WISSEN

Im Französischen gibt es drei Formen des **Imperativs**: eine im Singular und zwei im Plural.

2. Person Singular	Écoute !	(Hör zu!)
1. Person Plural	Écoutons !	(Lasst uns zuhören!)
2. Person Plural	Écoutez !	(Hört zu! / Hören Sie zu!)

Die **Imperativ-Formen** entsprechen meistens den **Präsens-Formen** der Verben in der 2. Person Singular und der 1. und 2. Person Plural:

regarder	(sehen)	**Regarde** !	(Schau!)
		Regardons !	(Lass uns sehen!)
		Regardez !	(Schaut!/Schauen Sie!)
prendre	(nehmen)	**Prends** !	(Nimm!)
		Prenons !	(Nehmen wir!)
		Prenez !	(Nehmt/Nehmen Sie!)

Mit dem **Imperativ** drückst du **Befehle** oder **Ratschläge** aus:

Prends un verre ! (Nimm ein Glas!)

12

Finde in der Buchstabenschlange sieben Verbformen im Imperativ und schreibe sie auf.

f a v a d i o e r e g a r d e z v e z o o t o n d e m a n d e

c h e r c h e f r o n s r l n t c h e s n o e s o p a r l o n s f

a c o t r a v a i l l e v a e v e d t r o u v e p r a s o n s

13

Verbinde den deutschen Satz und den entsprechenden Satz auf Französisch.

a) Schau den Film an!	Écoute cette chanson !
b) Bitte such deinen Bruder!	Jouez au foot !
c) Höre dieses Lied!	Regarde le film !
d) Spielt Fußball!	Cherche ton frère, s'il te plaît !
e) Gehen wir in die Pause!	Allons en récréation !

14

Setze das angegeben Verb in der richtigen Imperativform ein.

a) Céline, ____________________ ta pizza ! *(essen)*

b) Pierre, Lucie, ____________________ mes photos ! *(ansehen)*

c) ____________________ bien, Luc ! *(arbeiten)*

d) Stéphane et Jana, ____________________ à vos parents ! *(telefonieren)*

e) Les enfants, ____________________ à la piscine aujourd'hui ! *(gehen)*

1
Verbinde die zusammengehörenden Sätze.

a) Christelle n'	cherchez le chat ?
b) Tu	habite plus à Berlin.
c) Aujourd'hui, il n'	est pas là.
d) Vous	commences demain.

points: ____ max. 4

2
Ergänze die Sätze mit dem Verb im Präsens.

a) Elle *ne regarde pas* ______. *(ne pas regarder)*

b) Ils ______________________. *(arriver)*

c) Sandro ______________________ un appartement. *(chercher)*

d) Tu ______________________ le CD de Zaz. *(ne pas trouver)*

e) Je ______________________ cette pizza. *(ne pas manger)*

f) Ils ______________________ le matin. *(travailler)*

points: ____ max. 5

3
Übersetze die Sätze.

a) Sie singt ein Lied.

____

b) Sie mögen die Hausaufgaben nicht.

____

c) Léa liebt ihre Katze.

____

d) Mein großer Bruder spielt nicht mit uns.

____

points: ____ max. 4

4

Setze die Sätze aus dem Präsens ins *Futur composé*.

a) Lundi après-midi, Tom joue au foot.

Lundi après-midi, Tom va jouer au foot.

b) Carine fait de la guitare.

______

c) Cécile et Géraldine écoutent de la musique.

______

d) M. Lorato ne travaille pas au bureau.

______

e) Elle a un portable.

points: ____ max. 4 ______

5

Wie lauten diese Sätze im Französischen?

a) Beende deine Arbeit!

______

b) Gehen wir ins Kino!

______

c) Kommen Sie mit uns bitte!

______

d) Such die Schlüssel!

points: ____ max. 4 ______

Total: ____ max. 21

Compte bien les bonnes réponses. C'est un point par réponse.
Dans ce test, tu peux avoir au total **21 points**.

Du hast **Kapitel 7 – Das Präsens, das *Futur composé* und der Imperativ** durchgearbeitet. Anschließend hast du die Testaufgaben gelöst und deine Punkte zusammengezählt.

In der Checkliste kannst du nun alle Testaufgaben abhaken, bei denen du besonders gut abgeschnitten hast. Wenn du bei einigen Aufgaben noch nicht die volle Punktzahl erreicht hast, wiederhole einfach die Übungen, die in der letzten Spalte der Tabelle angegeben sind.

Meine Checkliste

Test-aufgabe	Thema	Konnte ich gut lösen	Ich hatte Fehler und wiederhole deshalb die Übungen
1	Bejahte und verneinte Sätze im Präsens		1 – 7
2	Bejahte und verneinte Sätze im Präsens		1 – 7
3	Bejahte und verneinte Sätze im Präsens		1 – 7
4	Das *Futur composé*		8 – 11
5	Der Imperativ		12 – 14

8 Das *Passé composé*

8.1 Das Partizip Perfekt

WISSEN

Mit dem *Passé composé* drückst du Ereignisse und Handlungen aus, die in der **Vergangenheit** geschehen sind.

Das *Passé composé* wird gebildet aus einer Präsensform des Hilfsverbs (*avoir* oder *être*) und dem *Participe passé* (Partizip Perfekt) des Verbs.
Nous **avons mangé** un gâteau. (Wir haben einen Kuchen gegessen.)

Die meisten Verben bilden das Passé composé mit avoir.

So wird das **Partizip Perfekt** gebildet:

- Die Verben auf *-er* bilden das Partizip Perfekt auf *-é*:
  trouv**er** j'ai trouv**é** (ich habe gefunden)

- Die Verben auf *-ir* bilden das Partizip Perfekt auf *-i*:
  dorm**ir** j'ai dorm**i** (ich habe geschlafen)

- Die regelmäßigen Verben auf *-re* bilden das Partizip Perfekt auf *-u*:
  répond**re** j'ai répond**u** (ich habe geantwortet)

Das Partizip Perfekt anderer Verben ist **unregelmäßig**:

être	j'ai **été**	(ich bin gewesen)
avoir	j'ai **eu**	(ich habe gehabt)
prendre	j'ai **pris**	(ich habe genommen)
mettre	j'ai **mis**	(ich habe gelegt)
lire	j'ai **lu**	(ich habe gelesen)
écrire	j'ai **écrit**	(ich habe geschrieben)
dire	j'ai **dit**	(ich habe gesagt)
boire	j'ai **bu**	(ich habe getrunken)
faire	j'ai **fait**	(ich habe gemacht)
aller	je suis **allé**	(ich bin gegangen)
vouloir	j'ai **voulu**	(ich habe gewollt)
pouvoir	j'ai **pu**	(ich habe gekonnt)
savoir	j'ai **su**	(ich habe gewusst)
venir	il est **venu**	(er ist gekommen)

1

Ergänze das *Participe passé*.

a) regarder regardé
b) passer ______
c) faire ______
d) trouver ______
e) parler ______
f) tomber ______
g) tourner ______
h) jouer ______
i) rester ______
j) raconter ______

2

Wie lautet das Partizip der Verben aus Übung 1 auf Deutsch?

a) angesehen/gesehen
b) ______
c) ______
d) ______
e) ______
f)
g) ______
h) ______
i) ______
j) ______

8.2 Das *Passé composé* mit *avoir* in bejahten Sätzen

WISSEN

Das *Passé composé* der **meisten Verben** wird mit dem Hilfsverb *avoir* (haben) gebildet. Dafür verwendest du die **Präsens-Formen** von *avoir* und das ***Participe passé*** (Partizip Perfekt):

chercher	j'**ai cherché**	(ich habe gesucht)
	tu **as cherché**	(du hast gesucht)
	il/elle **a cherché**	(…)
	nous **avons cherché**	
	vous **avez cherché**	
	ils/elles **ont cherché**	

Beim Hilfsverb *avoir* bleibt das **Partizip Perfekt** meistens **unveränderlich**.

Achtung:
Das Hilfsverb kann im Deutschen und im Französischen unterschiedlich sein:

avoir	j'**ai** été	(ich bin gewesen)

3

Trage die fehlenden Formen im *Passé composé* ein.

habiter	faire
j'ai habité	j'ai fait
tu	tu
il/elle	il/elle
nous avons habité	nous
vous	vous
ils/elles	ils/elles

4

Wie lauten die Formen auf Französisch?

a) ich habe gegessen ____________________

b) er hat zugehört ____________________

c) Sie haben geredet ____________________

d) wir haben gesprochen ____________________

e) du hast gefragt ____________________

f) ich habe vorbereitet ____________________

g) sie hat telefoniert ____________________

h) ihr habt gesucht ____________________

i) ich habe gefunden ____________________

j) du hast geschaut ____________________

5

Setze die Verben aus der Klammer ins *Passé composé*.

a) Marie et Sylvie ____________________ leur chambre. *(ranger)*

b) Tu ____________________ un cadeau pour ton copain. *(chercher)*

c) Dimanche, nous ____________________ au restaurant. *(manger)*

d) Elle ____________________ l'histoire à sa mère. *(raconter)*

e) J'____________________ un DVD intéressant. *(trouver)*

f) Nous ____________________ une surprise. *(préparer)*

8.3 Das *Passé composé* mit *avoir* in verneinten Sätzen

WISSEN

Möchtest du deinen Satz im *Passé composé* **verneinen**, dann brauchst du die beiden Verneinungsteile: *n'… pas*.
Das *n'* steht **vor** dem Hilfsverb und *pas* **danach**:

Ils **n'**ont **pas** mangé. (Sie haben nicht gegessen.)
Je **n'**ai **pas** compris. (Ich habe nicht verstanden.)

Tipp: Die Verneinung übst du im Kapitel 10.

6

Trage die passende Verbform im *Passé composé* ein.

a) Hier, elle n'*a*______ pas *parlé*____________ . *(parler)*

b) Ils n'______ pas ____________ le gâteau. *(manger)*

c) Lundi, nous n'______ pas ____________ . *(travailler)*

d) Tu n'______ pas ____________ ta chambre ! *(ranger)*

7

Beantworte die Fragen mit den vorgegebenen Satzanfängen.

a) Tu as gagné ?

*Non, je n'ai pas gagné.*____________

b) Tu as retrouvé Alan ?

*Non, je*____________

c) Vous avez écouté la chanson ?

*Non, nous*____________

d) Tu as porté ton petit frère ?

*Non, je*____________

8.4 Das *Passé composé* mit *être* in bejahten Sätzen

WISSEN

Im Französischen bilden manche Verben das *Passé composé* mit dem Hilfsverb *être* (sein). Dafür verwendest du die **Präsens-Formen** von *être* und das ***Participe passé*** (Partizip Perfekt):

venir	il **est** venu.	(Er ist gekommen.)

Du brauchst das Hilfsverb *être* für das *Passé composé* bei **Verben der Bewegung** und bei dem Verb *rester* (bleiben).

aller	(gehen, fahren)	descendre	(heruntergehen, aussteigen)
arriver	(ankommen)	monter	(hinaufgehen, einsteigen)
entrer	(eintreten)	partir	(weggehen, wegfahren)
rester	(bleiben)	rentrer	(hineingehen, zurückgehen)
tomber	(fallen)	sortir	(herausgehen, ausgehen)
venir	(kommen)		

Wenn das *Passé composé* mit dem Hilfsverb *être* gebildet wird, musst du immer das ***Participe passé*** (Partizip Perfekt) **angleichen**.
Es richtet sich in **Zahl (Numerus)** und **Geschlecht (Genus)** nach dem **Subjekt** des Satzes.
Das heißt, du hängst für die weibliche Form ein *-e* an und für die Formen im Plural ein *-s*, für die weibliche Pluralform dementsprechend *-es*.

aller	il est allé	(er ist gegangen – männlich Singular)
	elle est allée	(sie ist gegangen – weiblich Singular)
	ils sont allés	(sie sind gegangen – männlich Plural)
	elles sont allées	(sie sind gegangen – weiblich Plural)

Achtung:
Bei *je*, *tu*, *nous* und *vous* musst du dann genau wissen, wer spricht oder wer gemeint ist:

Je suis parti.	(Ich bin gegangen. – ein Mann spricht)
Je suis partie.	(Ich bin gegangen. – eine Frau spricht)

8

Bilde kurze Sätze im *Passé composé*.

a) elles/sortir — *Elles sont sorties.*

b) elle/arriver ____________________

c) tu/rester ____________________

d) ils/arriver ____________________

e) il/partir ____________________

f) Pierre et Claire/monter ____________________

9

Ergänze die passende Endung des Partizips.

a) Valérie est rest*ée* à la maison.

b) Mme Cateloup est mont________ dans le bus.

c) Ils sont entr________ dans la boulangerie.

d) Le chien est rest________ devant la porte.

e) Claire et Isabelle sont part________ ensemble.

10

Ergänze den Satz im *Passé composé*.

aller en France

a) *Tu* ____________________

____________________.

monter dans le train

b) *Il* ____________________

____________________.

8.5 Das *Passé composé* mit *être* in verneinten Sätzen

WISSEN

Möchtest du einen Satz im *Passé composé* **verneinen**, dann brauchst du die beiden Verneinungsteile: *ne… pas*.
Bei *es, est* und *êtes* steht *n'… pas*. Die Verneinung umschließt auch das Hilfsverb:

Ils **ne** sont **pas** restés. (Sie sind nicht geblieben.)
Elle **n'**est **pas** allée en ville. (Sie ist nicht in die Stadt gegangen.)

Tipp: Die Verneinung übst du im Kapitel 10.

11

Verneine die Sätze.

a) Je suis allée au cinéma.

____

b) Ils sont allés en France.

____

c) Elle est sortie à 22 heures.

____

d) Ils sont montés chez la voisine.

____

e) Nous sommes descendus à la station de métro « Nation ».

____

f) Tu es partie en Italie cette année ?

____

g) Elles sont allées au restaurant.

____

1

Was passt in die Lücke? Kreuze an.

a) J'________ de la guitare.

☐ ai joué ☐ n'ai pas cherché

b) Nous ________ les vacances à Lyon.

☐ avons passé ☐ n'avons pas fait

c) Ils ________ de la musique.

☐ ont invité ☐ ont écouté

points: ____ max 3

2

Ergänze jeweils das passende Verb im *Passé composé*.

faire **ne pas regarder** **demander** **manger**

a) Jules ____________________ à son frère.

b) Nous ____________________ la fête.

c) Jules ____________________ les filles.

d) Ils ____________________ une pomme.

points: ____ max 4

3

Setze diese Sätze ins *Passé composé*.

a) Je traverse la rue.

____

b) Elle passe une semaine ici.

____

c) Nous ne faisons pas de judo.

____

points: ____ max 3

4

Ergänze das angegebene Verb im *Passé composé*.

a) Florence et Zoé ____________________ de la classe. *(hinausgehen)*

b) Théo ____________________ hier. *(weggehen)*

c) Tabea ____________________ chez nous. *(bleiben)*

d) M. et Mme Chaffut ____________________ dans le métro. *(einsteigen)*

e) Les filles ____________________ à Munich. *(fahren)*

f) Mes parents ____________________ hier. *(ankommen)*

g) Je ____________________ en vacances. *(wegfahren)*

points: ____ max. 7

5

Beantworte die Fragen.

a) Il est allé à Berlin ? *Non, il n'est pas allé à Berlin.*

b) Tu es allé à New York ?

Oui, je ____________________

c) Vous êtes montés sur la tour ?

Non, nous ____________________

d) Elle est partie en juin ?

Oui, elle ____________________

e) Elles sont restées longtemps ?

Non, elles ____________________

points: ____ max. 4

Compte bien les bonnes réponses. C'est un point par réponse.
Dans ce test, tu peux avoir au total **21 points**.

Total: ____ max. 21

Du hast **Kapitel 8 – Das *Passé composé*** durchgearbeitet. Anschließend hast du die Testaufgaben gelöst und deine Punkte zusammengezählt.

In der Checkliste kannst du nun alle Testaufgaben abhaken, bei denen du besonders gut abgeschnitten hast. Wenn du bei einigen Aufgaben noch nicht die volle Punktzahl erreicht hast, wiederhole einfach die Übungen, die in der letzten Spalte der Tabelle angegeben sind.

Meine Checkliste

Test-aufgabe	Thema	Konnte ich gut lösen	Ich hatte Fehler und wiederhole deshalb die Übungen
1	Das *Passé composé* mit *avoir* in bejahten Sätzen Das *Passé composć* mit *avoir* in verneinten Sätzen Das Partizip Perfekt		3 – 5 6 – 7 1 – 2
2	Das *Passé composé* mit *avoir* in bejahten Sätzen Das *Passé composé* mit *avoir* in verneinten Sätzen Das Partizip Perfekt		3 – 5 6 – 7 1 – 2
3	Das *Passé composé* mit *avoir* in bejahten Sätzen Das *Passé composé* mit *avoir* in verneinten Sätzen Das Partizip Perfekt		3 – 5 6 – 7 1 – 2
4	Das *Passé composé* mit *être* in bejahten Sätzen Das Partizip Perfekt		8 – 10 1 – 2
5	Das *Passé composé* mit *être* in bejahten Sätzen Das *Passé composé* mit *être* in verneinten Sätzen Das Partizip Perfekt		8 – 10 11 1 – 2

9 Die Präpositionen

9.1 Die Präpositionen *à* und *de* und der bestimmte Artikel

WISSEN

Präpositionen sind kleine Verbindungswörter, wie zum Beispiel *de* oder *à*, die man schnell übersehen kann. Dabei sind sie sehr wichtig!

Elle pense **à** Julien. (Sie denkt an Julien.)
C'est le vélo **de** Marie. (Es ist Maries Fahrrad.)

Treffen die Präpositionen **à** und **de** mit den bestimmten Artikeln **le** und **les** aufeinander, **verschmelzen** die beiden Wörter nach dem folgenden Muster:

à + le = **au** de + le = **du**
à + les = **aux** de + les = **des**

Elle pense **au** chien. (Sie denkt an den Hund.)
C'est le vélo **du** voisin. (Es ist das Fahrrad des Nachbarn.)

Achtung: Treffen *à* und *de* auf *la* oder *l'*, ändert sich nichts.
Es heißt dann *à la, à l', de la, de l'*.

1

Setze die Präposition (à) mit dem bestimmten Artikel ein.
Achte auf die Verschmelzung!

a) Je suis allé *à la*________ boulangerie . (*à*)

b) Bastien travaille __________ ordinateur. (*à*)

c) Je viens __________ USA. (*de*)

d) Jules est le frère __________ voisin. (*de*)

e) J'adore le gâteau __________ pommes. (*à*)

f) Fatima est __________ cours d'allemand. (*à*)

9.2 Präpositionen (des Ortes, der Zeit und der Art und Weise)

WISSEN

Präpositionen sind unveränderliche Wörter, die andere Wörter zueinander in Beziehung setzen. Sie stehen oft **vor Nomen** oder **Nominalgruppen** und verändern sich nicht.
Sie geben z.B. Beziehungen des Ortes, der Zeit und der Art und Weise an.

- **Präpositionen des Ortes**
  Le chat est **sous** la table. (Die Katze ist unter dem Tisch.)

  Weitere Beispiele

chez	(bei, zu)	**dans**	(in, im, ins)
devant	(vor – örtlich)	**à, en**	(in, im, ins, nach)
derrière	(hinter)	**en**	(in, nach)
sur	(auf, über)	**de**	(von, aus)

- **Präpositionen der Zeit**
  J'arrive **à** 8 heures. (Ich komme um 8 Uhr an.)

  Weitere Beispiele

après	(nach – zeitlich)	**depuis**	(seit)
avant	(vor – örtlich)	**pendant**	(während)

- **Präpositionen der Art und Weise** geben an, wie, mit wem oder was du etwas machst:
  Je viens **avec** mon frère. (Ich komme mit meinem Bruder.)

  Weitere Beispiele

à, en	(mit, zu)	**comme**	(als, wie)
contre	(gegen)	**sans**	(ohne)

2

Übersetze.

a) unter dem Tisch ____________________

b) nach Berlin ____________________

c) auf dem Stuhl ____________________

d) ins Zimmer ____________________

e) vor der Bäckerei ____________________

f) zwischen den Stühlen ____________________

g) hinter dem Haus ____________________

h) in Deutschland ____________________

3

Kreuze das passende Wort an.

a) ________ lundi, j'ai français, allemand et anglais.

☐ Le ☐ Au

b) ________ le foot, il va à la maison.

☐ À ☐ Après

c) ________ 10 heures, c'est la récréation.

☐ À ☐ Entre

d) Qu'est-ce que tu fais ________ samedi ?

☐ pour ☐ le

e) Il arrive ________ 9 heures.

☐ devant ☐ avant

f) Il va rester ________ 19 heures !

☐ après ☐ de

g) ________ la guitare, elle va chez Lucie.

☐ Avant ☐ Avec

h) Quand ? ________ onze heures ?

☐ L' ☐ À

4

Ordne den Bildern den passenden Ausdruck zu und übersetze auf Französisch.

gegen den Stuhl **mit dem schwarzen Stift** **mit dem Auto**

zu dritt **mit dem Fahrrad** **gegen die Tür**

a) ______________________ b) ______________________

c) ______________________ d) ______________________

e) ______________________ f) ______________________

1

Übersetze. Benutze die Präposition *à* und den bestimmten Artikel.

a) zu Hause ____________________

b) im Geschäft ____________________

c) im Collège ____________________

d) in der Kantine ____________________

e) mit Äpfeln ____________________

f) im Büro ____________________

points: ___ max. 6

2

Setze die Präposition *de* mit dem bestimmten Artikel ein.

a) C'est la chambre *du*__________ frère de Léo.

b) Voilà le lit __________ sœur d'Emma.

c) C'est la photo __________ chat de Tom ?

d) Est-ce que ces photos sont les photos __________ anniversaire de Sophie ?

e) Ce sont les livres __________ enfants.

points: ___ max. 4

3

Verbinde die passenden Elemente.

a) à	cours
b) avant les	huit heures à treize heures
c) après	onze heures
d) de	jeudi
e) le	les vacances

points: ___ max. 5

4

Devant, *avant* oder *en*: Ergänze die Sätze.

a) Arrive ____________ trois heures, s'il te plaît !

b) Comment ? Elle reste trois mois ____________ France ?

c) Fabien est ____________ cours.

points: ____ max. 4

d) Il a beaucoup travaillé ____________ son arrivée.

5

Übersetze.

a) Ich komme mit dem Fahrrad.

____

b) Um zehn Uhr fahre ich weg.

____

c) Die Katze ist unter dem Tisch.

____

d) Wir sind in der Klasse des Vaters meiner Freundin.

points: ____ max. 4

____

Total: ____ max. 23

Compte bien les bonnes réponses. C'est un point par réponse.
Dans ce test, tu peux avoir au total **23 points**.

Du hast **Kapitel 9 – Die Präpositionen** durchgearbeitet. Anschließend hast du die Testaufgaben gelöst und deine Punkte zusammengezählt.

In der Checkliste kannst du nun alle Testaufgaben abhaken, bei denen du besonders gut abgeschnitten hast. Wenn du bei einigen Aufgaben noch nicht die volle Punktzahl erreicht hast, wiederhole einfach die Übungen, die in der letzten Spalte der Tabelle angegeben sind.

Meine Checkliste

Test-aufgabe	**Thema**	**Konnte ich gut lösen**	**Ich hatte Fehler und wiederhole deshalb die Übungen**
1	Die Präpositionen *à* und *de* und der bestimmte Artikel		1
2	Die Präpositionen *à* und *de* und der bestimmte Artikel		1
3	Präpositionen (des Ortes, der Zeit und der Art und Weise)		2 – 4
4	Präpositionen (des Ortes, der Zeit und der Art und Weise)		2 – 4
5	Die Präpositionen à und de und der bestimmte Artikel Präpositionen (des Ortes, der Zeit und der Art und Weise)		1 2 – 4

10 Der Satz im Französischen

10.1 Der Aussagesatz

WISSEN

In einem einfachen französischen Aussagesatz gilt die gleiche Regel zur **Wortstellung** wie im Englischen: **S-V-O** (Subjekt, Verb, Objekt).

Subjekt	**Verb (Prädikat)**	**Objekt**
Nous	**regardons**	**un film.**
(Wir	schauen	einen Film.)

Anders als im Deutschen, **ändert** sich die Satzstellung auch **nicht**, wenn **am Satzanfang ein Adverb** (oder eine **adverbiale Bestimmung**) steht.

Aujourd'hui,	**je**	**vais**	chez Sophie.
(Heute	gehe	ich	zu Sophie.)

1

Kreuze Aussagesätze an.

a) ☐ Mon chat a 10 ans.

b) ☐ Regarde la mer !

c) ☐ Céline a mangé du chocolat.

d) ☐ Et toi, tu vas où ?

e) ☐ Lundi, je vais chez Léo.

f) ☐ Quand est-ce qu'il arrive ?

2

Bilde sinnvolle Sätze und vergiss nicht, die Verben entsprechend zu konjugieren.

a) écouter/chanson/Paul/une

____

b) je/la/aller/à/boulangerie

____

c) elle/BD/avoir/de/beaucoup

____

d) ils/à/maison/rester/la

____

3 ★

Übersetze.

a) Morgen gehe ich ins Museum.

____

b) Er hat Kathrins Buch gefunden.

____

c) Ich suche mein Handy in meinem Zimmer.

____

d) Er ist dreizehn Jahre alt.

____

10.2 Das direkte Objekt

WISSEN

Das Objekt bezeichnet die **Sache** oder die **Person**, auf die sich die Handlung im Satz bezieht.

Das **direkte Objekt**, auch Akkusativobjekt genannt, folgt „direkt" nach dem Verb, also **ohne Präposition**. Ein Akkusativobjekt erkennst du daran, dass du danach mit „wen oder was?" fragen kannst.

Elle	achète	**un livre.**	
(Sie	kauft	ein Buch.)	Frage: Wen oder was kauft sie?

4

Bringe die Buchstaben in die richtige Reihenfolge, um die Verben zu finden, nach denen ein direktes Objekt folgt.

a) r r r a g d e e ______________ la télé

b) e r f i a ______________ les devoirs

c) e u é t o c r ______________ la musique

d) r e v u o r t ______________ les clés

e) r m e o c n m c e ______________ le déjeuner

5

Bilde ganze Sätze. Vergiss nicht, das Verb zu konjugieren.

a) elle/aimer/rock *Elle aime le rock.*

b) il/regarder/texte ______________

c) nous/danser/danse ______________

d) je/souffler/bougies ______________

e) ils/avoir/frère ______________

f) tu/préférer/le foot ______________

10.3 Das indirekte Objekt

WISSEN

Das **indirekte Objekt**, auch Dativobjekt genannt, wird im Französischen meistens mit einer Präposition, meist à, an das Verb angeschlossen. Ein Dativobjekt erkennst du durch die Frage nach „wem oder was?“:

Elle	téléphone	à sa mère.	
(Sie	telefoniert	mit ihrer Mutter.)	Frage: Mit wem telefoniert sie?

Wenn in einem Satz sowohl ein direktes als auch ein indirektes Objekt vorhanden ist, dann steht, anders als im Deutschen, zuerst das **direkte** und dann das **indirekte Objekt**:

		direktes Objekt	**indirektes Objekt**
Elle	montre	le livre	à sa mère.
(Sie	zeigt	ihrer Mutter	das Buch.)

6

Bringe die Wörter in die richtige Reihenfolge und bilde sinnvolle Sätze.

a) père/elle/son/parler/à

____

b) téléphoner/cousine/Claire/sa/à/Lundi,

____

c) Pierre/sœur/demander/DVD/sa/à/le

____

d) demander/copine/Karl/sa/l'/à/exercice

____

7

Wie heißen die Sätze aus Aufgabe 6 auf Deutsch?

a) ______________________________

b) ______________________________

c) ______________________________

d) ______________________________

8

Verbinde die zusammengehörenden Satzteile.

a) Il cherche	leur copain Maurice.
b) Ils téléphonent à	la musique !
c) Il parle	la carte.
d) Nous jouons	à son père.
e) Écoute	avec Gino.

9

Die Präposition *à* ist bei indirekten Objekten wichtig.
Ergänze sie dort, wo sie nötig ist.

a) Demande ________ Patrick !

b) Tu cherches ________ tes CD ?

c) Nous téléphonons ________ Marie.

d) Ils parlent ________ leur frère.

10.4 Die Verneinung

WISSEN

Die **Verneinung** besteht im Französischen aus **zwei Teilen**: ***ne*** und ***pas***. *Ne* steht **vor** dem konjugierten Verb (oder dem Hilfsverb) und *pas* **danach**:
Je **ne** parle **pas**. (Ich rede nicht.)

Vor Verben, die mit einem Vokal oder einem stummen h beginnen, wird *ne... pas* zu *n'... pas*:
Il **n'**a **pas** 14 ans. (Er ist nicht 14 Jahre alt.)

Weitere Verneinungsformen sind:

ne... plus	(nicht mehr)	**ne... jamais**	(nie)
ne... rien	(nichts)	**ne... pas encore**	(noch nicht).

Folgt auf die Verneinung ein Nomen mit einem **unbestimmten Artikel** *(un, une, des)*, so wird dieser **immer** durch *de* ersetzt. Im Deutschen verwendet man diesem Fall das Wort *kein*.
Ils ont un vélo. – Ils **n'**ont **pas de** vélo. (Sie haben kein Fahrrad.)

Achtung:
Das gilt **nicht** für den bestimmten Artikel *(le, la, l', les)*.
Je vois le chat. – Je **ne** vois **pas le** chat. (Ich sehe die Katze nicht.)

10

Verneine die Aussagen mit *ne... pas*.

a) Il est de Paris. ______________________

b) Elle parle à Kathrin. ______________________

c) Nous cherchons la boulangerie. ______________________

____

d) M. Dumartin téléphone à Mme Dreudon. ______________________

____

11★

Übersetze ins Französische.

a) Er isst den Apfel nicht mehr.

____

b) Sie mag den Jungen nicht.

____

c) Wir bleiben nicht mehr in der Wohnung.

____

12

Verbinde die passenden Satzteile.

a) Je ne	plus de gâteau.
b) Elle ne prend	pas à la piscine.
c) Il n'a pas	cherche plus.
d) Elles ne sont	de portable ?

13

Beantworte die Fragen mit dem angegebenen Satzanfang.

a) Elle fait une fête ?

Non, elle ne ______________________________

b) Est-ce qu'elle a des gâteaux ?

Non, elle ______________________________

c) Est-ce que tu manges des pommes ?

Non, je ______________________________

d) Vous aimez la musique ?

Non, nous ______________________________

10.5 Der Nebensatz mit *parce que* und *quand*

WISSEN

Nebensätze werden im Französischen mit derselben Wortstellung wie **Aussagesätze** gebildet (Subjekt-Prädikat-Objekt).

Il arrive **quand je pars.** (Er kommt, wenn ich gehe).

Mit der Konjunktion **parce que** (weil) drückst du eine **Ursache** oder einen **Grund** aus:

J'achète un croissant **parce que** j'ai faim. (..., weil ich Hunger habe.)

Beginnt das folgende Wort mit einem Vokal oder einem stummen h wird *parce que* zu *parce qu'*:

Il rentre **parce qu'**il pleut. (Er geht nach Hause, weil es regnet.)

Mit der Konjunktion *quand* (wenn) drückst du die **Gleichzeitigkeit von zwei Handlungen** aus:

Il est content **quand** il la voit. (Er ist glücklich, wenn er sie sieht.)

14

Übersetze und verwende *parce que*.

Achte auf die Satzstellung.

a) Er ist froh, weil er nach Hause gehen kann.

Il est content parce qu'il peut aller à la maison.

b) Wir können nicht kommen, weil wir krank sind.

____

c) Marie geht in die Bäckerei, weil sie Brot kaufen will.

____

d) Frau Dupuis geht in ein Restaurant, weil sie Hunger hat.

____

e) Ich zahle nicht, weil ich kein Geld habe.

____

15

Übertrage die Sätze ins Französische und verwende dabei die Konjunktion *quand*.

a) Was sagt man, wenn man eine Bäckerei sucht?

Qu'est-ce qu'on dit quand on cherche une boulangerie ?

b) Ich rufe dich an, wenn ich bei Martine ankomme.

____

c) Wenn es kalt ist, bleiben wir im Haus.

____

d) Was sagt man, wenn man nicht versteht?

____

e) Was suchst du, wenn du in einer Buchhandlung bist?

____

16

Kreuze an, ob *quand* oder *parce que* in die Lücke passt.

		quand	parce que
a)	Je ne suis pas là ________ j'ai raté le bus.	☐	☐
b)	Il va appeler ________ il part.	☐	☐
c)	________ Luc a soif, il boit un coca.	☐	☐
d)	Léa dort ________ elle est à la maison.	☐	☐
e)	Elle a fait une pizza ________ Paul adore ça !	☐	☐

10.6 Fragesätze und Fragewörter

WISSEN

Eine andere wichtige Satzart ist der **Fragesatz**.
Die **Intonationsfrage**, auch **Betonungsfrage** genannt, ist die einfachste Art im Französischen, Fragen zu stellen. Dabei nimmst du den Aussagesatz und hebst ganz einfach am Satzende die Stimme, wenn du sagst:

Il est sympa. **Il est sympa ?**

Entscheidungsfragen sind Fragen auf die du mit *ja* oder *nein* antwortest:

Tu viens ? (Kommst du?)

In **Ergänzungsfragen** brauchst du zusätzlich ein Fragewort. Es steht meistens am Satzende:

Tu habites **où** ? (Wo wohnst du?)

Weitere Fragewörter

que, quoi	(was)	**comment**	(wie)
pourquoi	(warum)	**qui**	(wer)
quand	(wann)	**ou**	(wo, wohin)

17

Höre genau zu. Kreuze an, ob du eine Intonationsfrage oder eine Aussage hörst.

08

	Aussage	Intonationsfrage
a)		
b)		
c)		
d)		
e)		

18

Kreuze die Entscheidungsfragen an.

a) ☐ Il est sympa ?

b) ☐ Tu vas où ?

c) ☐ Il chante beaucoup ?

d) ☐ Ils ne parlent pas.

19 ★

Übersetze. Benutze eine Intonationsfrage.

a) Wohnt ihr in Paris?

____

b) Schaust du die DVD an?

____

c) Spielst du Fußball?

____

20

Bilde eine Intonationsfrage zu diesen Antworten.

a) *Tu habites à Berlin ?*

Oui, j'habite à Berlin.

b) ______________________________

Non, ils ne sont pas contents.

c) ______________________________

Oui, il a un vélo noir !

d) ______________________________

Oui, elle adore les chats !

10.7 Fragen mit *est-ce que*

WISSEN

Im Französischen gibt es noch eine weitere Möglichkeit, eine Frage zu stellen. Dafür brauchst du ***est-ce que***.
Dieses *est-ce que* hat an sich keine Bedeutung, es dient nur dazu, zu zeigen, dass es sich um einen Fragesatz handelt. Dabei steht *est-ce que* am Satzanfang:

Bei **Entscheidungsfragen** steht *est-ce* que am Satzanfang:
Est-ce que tu travailles ? (Arbeitest du?)

Bei **Ergänzungsfragen** steht das **Fragewort immer vor** *est-ce que:*
Quand est-ce que tu travailles ? (Wann arbeitest du?)

Beginnt das Wort nach *est-ce que* mit einem Vokal oder einem stummen h, dann wird es zu *est-ce qu'*:
Est-ce qu'elle est là ? (Ist sie da?)

21

Bilde sinnvolle Fragen mit *est-ce que*. Bringe dazu die Wörter in die richtige Reihenfolge.

a) le/il/est-ce qu'/aime/théâtre/?

____

b) guitare/tu/est-ce que/la/fais/de/?

____

c) invitez/vous/est-ce que/Flo/?

____

d) école/beaucoup/l'/tu/est-ce que/travailles/pour/?

____

e) mère/sa/à/parle/elle/est-ce qu'/?

____

22

Übersetze die Fragen aus Aufgabe 21 ins Deutsche.

a) ____________________

b) ____________________

c) ____________________

d) ____________________

e) ____________________

23

Verbinde die zusammengehörenden Satzteile.

a) Qui	est-ce qu'il ne travaille pas ?
b) Qu'est-ce que	tu fais ?
c) Quand est-ce qu'	est là ?
d) Où	il arrive ?
e) Pourquoi	ça coûte ?
f) Combien	est-ce que vous êtes ?

24

Ergänze das richtige Fragewort.

comment **quand** **qu'est-ce que** **où** **combien**

a) ____________ est-ce qu'il est à la maison ?

b) ____________ c'est ?

c) ____________ est-ce que vous allez ?

d) ____________ ça fait ?

e) ____________ tu t'appelles ?

25

Was passt in die Lücke? Kreuze an.

a) ________ est-ce que tu aimes ?

☐ Qu' ☐ Que

b) ________ ça coûte ?

☐ Comment ☐ Combien

c) Ton père travaille ________ ?

que ☐ où

d) ________ est-ce que le cours commence ?

☐ Quand ☐ Qu'

e) ________ tu n'aimes pas le foot ?

☐ Quand ☐ Pourquoi

26

Frage nach dem **farbigen** Satzteil mit einem Fragewort und *est-ce que*.

a) *Où est-ce qu'elle arrive ?*

Elle arrive à Munich.

b) ____________________

Huit euros !

c) ____________________

Il travaille demain.

d) ____________________

Elles n'aiment pas l'athlétisme parce qu'elles n'aiment pas le sport !

e) ____________________

On mange dans une heure.

1

Bilde Sätze aus den Satzbausteinen einer Reihe. Schreibe sie auf.
Vorsicht, in jeder Reihe ist ein Wort zu viel.

elle	foot	va	pas	Le	au	lundi,
Tu	fais	guitare	de	pas	un	ne
Aujourd'hui,	à	ne … pas	Marie	avec	parle	Luc
Nous	pas	de	ne	plus	Paris	sommes
Elle	des	ne	regarde	vacances	de	photos

a) ___

b) ___

c) ___

d) ___

points: max. 5 e) ___

2

Übersetze.

a) Ich mache diese Übung nicht!

___

b) Sie spricht mit André.

___

c) Sie fragt nicht ihren Vater.

___

d) Wir haben keinen Hunger.

points: max. 4 ___

3

Ergänze die Verneinung.

a) Elle ________ cherche ____________ ! *(nicht mehr)*

b) David ________ a ____________ ordinateur. *(keinen)*

c) Elle ________ écoute ____________ . *(nicht)*

d) Il ________ a ____________ eau. *(kein … mehr)*

e) Nous ________ avons ____________ chiens. *(keine)*

points: ____ max. 5

4

Verbinde passende Satzteile.

a) Je ne sais pas	parce qu'il a faim.
b) Il mange	quand ils sortent le soir.
c) Quand elle est à l'école,	parce que je n'ai pas compris.
d) Ils ont froid	elle ne travaille pas beaucoup.

points: ____ max. 3

5

Bilde sinnvolle Fragen aus den angegebenen Wörtern.

a) est-ce que/aller/quand/Céline/tu/chez/?

____

b) grande/habiter/dans/elle/une/maison/?

____

c) est-ce que/français/tu/parler/?

____

d) est-ce que/aimer/sport/tu/le/pourquoi/?

____

points: ____ max. 4

6

Erfrage die markierten Satzteile mit *est-ce que*.

a) *Quand est-ce qu'elle est à Lyon ?*

Elle est à Lyon **lundi**.

b) ______

Oui, il arrive !

c) ______

Non, je ne fais pas de sport.

d) ______

Elle est **à l'école**.

points: ___ max. 3

7

Übersetze die Fragen auf zwei verschiedenen Arten.

a) Tanzt du?

Tu danses ?

Est-ce que tu danses ?

b) Mögt ihr Äpfel?

______

______

c) Warum bist du in deinem Bett?

______

______

points: ___ max. 4

Total: ___ max. 28

Compte bien les bonnes réponses. C'est un point par réponse.
Dans ce test, tu peux avoir au total **28 points**.

Du hast **Kapitel 10 – Der Satz im Französischen** durchgearbeitet. Anschließend hast du die Testaufgaben gelöst und deine Punkte zusammengezählt.

In der Checkliste kannst du nun alle Testaufgaben abhaken, bei denen du besonders gut abgeschnitten hast. Wenn du bei einigen Aufgaben noch nicht die volle Punktzahl erreicht hast, wiederhole einfach die Übungen, die in der letzten Spalte der Tabelle angegeben sind.

Meine Checkliste

Testaufgabe	Thema	Konnte ich gut lösen	Ich hatte Fehler und wiederhole deshalb die Übungen
1	Der Aussagesatz Die Verneinung Das direkte Objekt Das indirekte Objekt		1 – 3 10 – 13 4 – 5 6 – 9
2	Der Aussagesatz Die Verneinung Das direkte Objekt Das indirekte Objekt		1 – 3 10 – 13 4 – 5 6 – 9
3	Die Verneinung		10 – 13
4	Der Nebensatz mit *parce que* und *quand*		14 – 16
5	Fragesätze und Fragewörter Fragen mit *est-ce que*		17 – 20 21 – 26
6	Fragen mit *est-ce que*		21 – 26
7	Fragesätze und Fragewörter Fragen mit *est-ce que*		17 – 20 21 – 26

11 Leseverstehen

11.1 Kommunikation (Teil 1)

WISSEN

Hier findest du einige wichtige Ausdrücke, die du oft brauchen wirst. Präge sie dir gut ein.

1. Willst du jemanden **begrüßen**, sagst du **zu jeder Tageszeit**:
   Bonjour ! (Guten Tag!)
   Im Französischen gibt es **keinen Ausdruck** für *Guten Morgen*!

   Das gilt auch beim Telefonieren.

   Zu **deinen Freunden**, aber **niemals zu Erwachsenen** (!) sagst du:
   Salut ! (Hallo!)

   Am Abend, ab ca. 18 Uhr, benutzt du:
   Bonsoir ! (Guten Abend!)

2. Willst du **dich verabschieden**, sagst du zu jedem **zu jeder Tageszeit**:
   Au revoir ! (Auf Wiedersehen!)

   Zu **deinen Freunden** kannst du wieder *salut* sagen.
   Salut bedeutet also sowohl *hallo* als auch *tschüs*!

3. Willst du dich oder eine andere Person **vorstellen**, kannst du *c'est* bei einer Person oder *ce sont* bei mehreren Personen verwenden:

C'est moi.	(Ich bin's.)
C'est Léa.	(Es ist Léa.)
Ce sont Léa et Jules.	(Es sind Léa und Jules.)

4. Willst du **dich bedanken**, brauchst du das kleine Wort *merci*:

Merci pour ta visite.	(Danke für deinen Besuch.)

5. Willst du dich **entschuldigen**? Oder **tut dir etwas leid**? Dann sag:

Excuse-moi !	(Entschuldige! – bei einer Person)
Excusez-moi !	(Entschuldigen Sie! – bei mehreren Personen oder wenn du eine Person siezt)
Je suis désolé/désolée.	(Es tut mir Leid.)

1

Lies die Nachricht und unterstreiche die drei Abschiedsformeln.

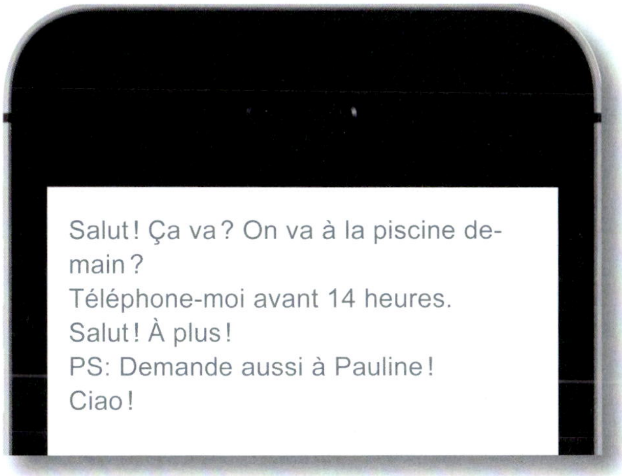

2

Eine Freundin möchte eine Dankeskarte auf Französisch schreiben. Leider fallen ihr einige Wörter nicht mehr ein. Ergänze die Karte mithilfe der Wörter in Klammern.

Chère Miriam,

____________________ (danke) *pour*

ton ____________________ (Geschenk) *!*

C'est très ____________________ (hübsch).

Encore ____________________ (danke).

Je suis très ____________________ (glücklich) *!*

C'est très ____________________ (nett).

Tu es une fille ____________________ (genial) *!*

Bises

Pia

3

Lies die E-Mail von M. Lallemand. Kreuze an, ob die Aussagen richtig *(vrai)* oder falsch *(faux)* sind.
Ist die Aussage falsch, schreibe die korrekte Antwort auf Französisch auf.

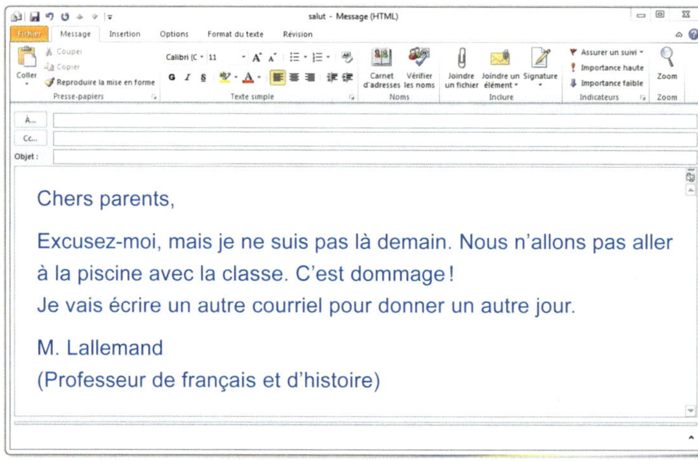

Chers parents,

Excusez-moi, mais je ne suis pas là demain. Nous n'allons pas aller à la piscine avec la classe. C'est dommage!
Je vais écrire un autre courriel pour donner un autre jour.

M. Lallemand
(Professeur de français et d'histoire)

		vrai	faux
a)	Die Schüler gehen ins Schwimmbad.	☐	☐
b)	M. Lallemand möchte sich in seiner E-Mail entschuldigen.	☐	☐
c)	Der Ausflug fällt aus.	☐	☐
d)	Der Ausflug wird verschoben.	☐	☐
e)	M. Lallemand ist heute krank.	☐	☐
f)	M. Lallemand unterrichtet Französisch und Deutsch.	☐	☐

11.2 Familie und Freunde

WISSEN

Wie nennst du die Mitglieder deiner **Familie**?

les **parents**	(Eltern)	= **le père** + **la mère**
les **grands-parents**	(Großeltern)	= **le grand-père** + **la grand-mère**
les **enfants**	(Kinder)	= **le fils** + **la fille**
les **frères et sœurs**	(Geschwister)	= **le frère** + **la sœur**
les **oncles et tantes**	(Onkel und Tanten)	= **l'oncle** + **la tante**

Achte auf die unterschiedlichen Satzkonstruktionen im Deutschen und im Französischen in den folgenden Sprechabsichten!

Willst du über dein **Alter** sprechen?
Im Gegensatz zum Deutschen brauchst du das Verb *avoir* (haben):

Tu **as** quel âge ?	(Wie alt bist du?)
J'**ai** 13 ans.	(Ich bin 13 Jahre alt.)

Willst du über die **Herkunft** und die **Nationalität** sprechen?

Tu es **d'**Allemagne ?	(Bist du aus Deutschland?)
Non, je suis **de** Suisse.	(Nein, ich bin aus der Schweiz.)
Tu habites **où** ?	(Wo wohnst du?)
J'habite **à** Berlin, **en** Allemagne.	(Ich wohne in Berlin in Deutschland.)
Tu es **français** ?	(Bist du Franzose?)
Non, je suis **belge**.	(Nein, ich bin Belgier.)

Willst du über **Berufe** sprechen? Dann verwende das Nomen, das zum Beruf passt und gleiche es an.

*Es gelten die gleichen Regeln zur **Bildung der weiblichen Nomen**, die du schon kennst.*

l'employé (Mann) – l'employé**e** (Frau)	(Angestellter, Angestellte)
le dans**eur** – la dans**euse**	(Tänzer, Tänzerin)
le **professeur** – la **professeure**	(Lehrer, Lehrerin)

Willst du über **Kleidung** sprechen, brauchst du diese Wörter:

le pull	(Pulli)	**la robe**	(Kleid)
le pantalon	(Hose)	**la jupe**	(Rock)
la chemise	(Hemd)	**les chaussures**	(Schuhe)

4 ★

Lies den Text und beantworte die Fragen dazu im ganzen Satz.

> Voilà mes amis : il y a Valérie, Frederico et Peter. Valérie a 13 ans. Elle fait de la danse. Mais elle n'aime pas l'école. Elle parle bien français parce que sa mère est de Paris. Elle habite à Leipzig. Peter est de Bonn, il a 12 ans et il est très sympa. Et Frederico ? Je l'aime bien ! Il a 14 ans, il est grand et super sympa. Il habite chez sa tante à Munich. Ses parents sont à Madrid.

a) Quel âge a Valérie ?

____

b) Est-ce que Valérie est à Bonn ?

____

c) Est-ce que Peter est le frère de Valérie ?

____

5

Lies den Text aus Aufgabe 4 noch einmal. Kreuze an, ob die Aussagen richtig *(vrai)*, oder falsch *(faux)* sind. Verbessere falsche Sätze.

	vrai	faux
a) Frederico est à Munich.	☐	☐
b) Valérie aime l'école.	☐	☐
c) La mère de Valérie est française.	☐	☐
d) Peter est sympa.	☐	☐
e) Frederico habite chez ses parents.	☐	☐

____

____

____

6

Du suchst Schuhe, aber du magst nichts Buntes und du hast nicht viel Geld. Der sportliche Typ bist du auch nicht.
Welches Angebot passt zu dir? Kreuze es an.

DES CHAUSSU-RES !

Toujours des chaussures !
Aujourd'hui dans notre magasin : les chaussures sont à **40 €** !

☐ Offre A

Tu aimes les **CHAUSSURES ROUGES** ?

Alors, tu vas trouver **TES** chaussures chez nous !
NOS chaussures font entre **30 €** et **60 €**.

☐ Offre B

TU FAIS DU SPORT ?

Tu aimes **les choses pratiques** ?
Alors, ***va vite*** au 30, rue du Port chez **CHAUSS'BIEN !**

☐ Offre C

11.3 Unser Haus

WISSEN

Kennst du die **Räume** in einem Haus oder in einer Wohnung?

la cuisine	(Küche)	**la salle de bains**	(Badezimmer)
la chambre	(Schlafzimmer)	**les toilettes**	(Toilette)
le salon	(Wohnzimmer)	**la salle à manger**	(Esszimmer)

In einem Haus gibt es **typische Gegenstände**, die fast jeder hat!

la table	(Tisch)	**le lit**	(Bett)
la chaise	(Stuhl)	**l'armoire (f)**	(Schrank)
la lampe	(Lampe)	**l'étagère (f)**	(Regal)

7

M. und Mme Dupont suchen ein neues Haus. Sie haben zwei Kinder und brauchen für jedes Kind ein Zimmer. Eine große Küche wäre auch gut, aber wichtiger sind die Anzahl der Zimmer und der Preis: auf gar keinen Fall über 2000 €. Im Internet finden die beiden folgende Anzeigen. Beantworte die Fragen.

Maison 1
Maison, 3 chambres, cuisine,
salle de bains, toilettes,
2000 euros, Lyon, 140 m^2
Pour visiter : 06.05.45.78.34

Maison 2
Maison avec piscine,
100 m^2, très grande cuisine,
WC, deux chambres
Téléphone : 04.43.38.76.96

a) Combien de chambres a la maison 1 ?

____

b) Comment est la cuisine de la maison 2 ?

____

c) Combien coûte la maison 1 ?

____

d) Combien de chambres a la maison 2 ?

____

11.4 Ferien und Freizeit

WISSEN

Was kann man **in den Ferien** oder **während seiner Freizeit** machen?

Zum Beispiel:

faire du sport	(Sport treiben)
regarder la télé	(Fernseh schauen)
visiter un musée	(ein Museum besuchen)
aller/partir en vacances	(in Urlaub fahren)
faire une fête	(eine Party machen)
faire des jeux	(Spiele spielen)
aller à la piscine	(ins Schwimmbad/Freibad gehen)
jouer de la musique	(Musik spielen)
aller au cinéma	(ins Kino gehen)
faire du shopping/ faire les magasins	(shoppen)
écrire des e-mail	(E-Mails schreiben)
aller chez des copains	(Freunde besuchen)

Wo kann man in den Ferien **Urlaub machen**?

en camping	(auf dem Campingplatz)
à l'hôtel	(im Hotel)
à la maison	(zu Hause)
à la mer	(am Meer)
à la campagne	(auf dem Land)
à la montagne	(in den Bergen)

Tipp:
Achte bei all diesen Ausdrücken darauf, ob und welche **Präposition** verwendet wird.

8

Deine Austauschpartnerin hat eine Postkarte aus ihrem Sommerurlaub geschickt. Lies die Karte und beantworte die Fragen auf Französisch.

> Salut Mia !
>
> Bises de vacances ! Je suis à Paris avec ma famille. Ici, ça va bien ! La ville est géniale. Maintenant, nous sommes à la tour Eiffel. Elle est très grande ! Après, nous allons au musée du Louvre.
> La ville est super : la Seine, les maisons, les Champs-Élysées !
> Ma mère voudrait un cadeau de mon père … Mais c'est très cher ici !
> Je prends aussi beaucoup de photos.
> Nous allons aller à Disneyland Paris ! Je suis super contente !
> Nous habitons dans un camping à 30 km de Paris. C'est cool !
> Ça va en Allemagne ? Qu'est-ce que tu fais pour les vacances ?
>
> À bientôt !
> Claire

a) Wo macht Claire Urlaub? ______________________

b) Mit wem macht sie Urlaub? ______________________

c) Wie findet Claire die Stadt? ______________________

d) Wo sind sie gerade? ______________________

e) Wo gehen sie danach hin? ______________________

f) Was möchte Claires Mutter? ______________________

g) Wo übernachten sie? ______________________

9 ★

Deine Freundin hat noch ein paar Fragen zu deinem Plan, ins Kino zu gehen. Sie stellt Fragen auf Französisch: Sie möchte wissen, …

a) … um wie viel Uhr der Film anfängt.

____

b) … wo das Kino ist.

____

c) … ob sie auch Sophie einladen kann.

____

d) … ob du gern ins Kino gehst.

____

10

Verwende das Verb in Klammern und vervollständige die Sätze im *Futur composé*. Achte auf die Verneinung!

a) Demain, je ____________________ . *(tanzen)*

b) Mes parents ____________________ aux professeurs. *(sprechen)*

c) Tu ____________________ tes devoirs ? *(nicht machen)*

d) Mon frère ____________________ à la maison. *(bleiben)*

e) Qu'est-ce que vous ____________________ demain ? *(machen)*

f) Ils ____________________ en vacances. *(nicht wegfahren)*

11.5 In der Stadt

WISSEN

Bist du in der Stadt unterwegs, benötigst du diese Verben:

traverser	(überqueren)	**tourner**	(abbiegen)
prendre	(nehmen)	**chercher**	(suchen)
aller	(gehen, fahren)	**venir**	(kommen)

Suchst du den **Weg**, dann solltest du diese Richtungsangaben kennen:
à gauche (links) **tout droit** (geradeaus) **à droite** (rechts)

Achtung: Anders als im Deutschen brauchst du im Französischen für die Verkehrsmittel die Präposition **en**:
en métro (mit der U-Bahn)

11 *

Du machst Urlaub in Italien. Ein Franzose fragt dich nach dem Weg zum Kolosseum (Colisée). Wie erklärst du es ihm? Du bist gerade auf der Kreuzung Via Depretis/Via Viminale. Schreibe deine Erklärung auf.

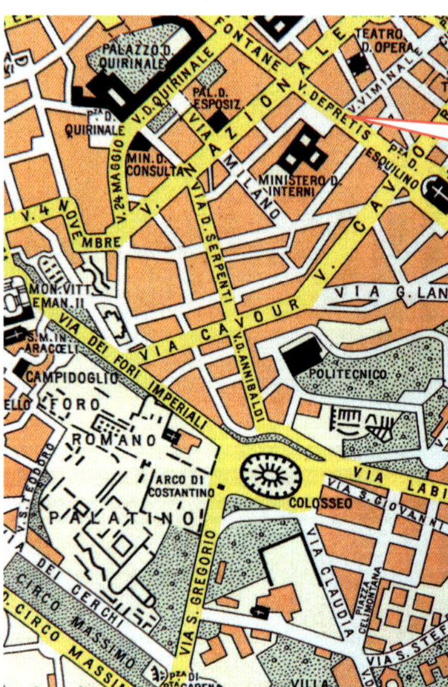

____

____

____

____

____

____

____

11.6 Geburtstage

WISSEN

Hast du **Geburtstag**? Dann sagst du im Französischen:
C'est mon anniversaire. (Ich habe Geburtstag.)

Willst du ein paar Freunde **einladen**? Beginne deine Einladung mit:
Je t'invite à ... (Ich lade dich zu ...)

Für deine **Geburtstagsfeier** brauchst du so eingies. Das darf auf gar keinen Fall fehlen:
le gâteau (Kuchen) **les bougies** (Kerzen) **le cadeau** (Geschenk)

Du kannst dich aber auch **für eine Einladung bedanken**:
Merci pour l'invitation. (Vielen Dank für deine Einladung.)

Und so **gratulierst** du jemandem zum Geburtstag:
Joyeux anniversaire ! (Alles Gute zum Geburtstag)

12

Lies zuerst die beiden Geburtstagseinladungen, die du bekommen hast.

Salut !
Je t'invite avec Lucie et Claire à mon anniversaire **vendredi 20 octobre**.

Où ? **chez moi**
Quand ? **à 15 h**
Tu as le temps ?
Mon numéro :
06.05.32.45.34
Fleur

Mercredi, c'est mon **anniversaire** !
Je fais une grande fête samedi avec beaucoup de copains chez moi à 18 heures.
On va chanter.
On va danser.
On va manger !
Tu me téléphones ?
06.05.33.45.43
Ben

Beantworte jetzt die Fragen. Zu wem gehst du, wenn ...

a) ... du mittwochs und freitags nicht kannst? ______________

b) ... du Tanzen und Singen nicht magst? ______________

c) ... du die Nummer 06.05.33.45.43 gewählt hast? ______________

d) ... du den Termin am Freitag notiert hast? ______________

1

Deine deutsche Freundin bittet dich, den folgenden Text auf Französisch per SMS zu schicken. Übrigens, eine SMS heißt auf Französisch *un SMS*! Wenn es möglich ist, lass deinen Text von jemanden, der Französisch kann, lesen. Für jeden Fehler zieh einen halben Punkt ab.

____

____

____

____

____

____

points: ____ max. 6

2

Ergänze das passende Familienmitglied.

a) Alain est le frère de ma mère, c'est mon ________________.

b) Ma tante est la sœur de ma ________________.

c) La mère de mon père est ma ________________.

d) Je n'ai pas de sœur, mais un ________________ : Tom.

points: ____ max. 4

3

Kreuze die richtige Antwort an.

a) Tu habites où ?

- ☐ À Lyon.
- ☐ Pour Lyon.

b) Tu es allemand ?

- ☐ Oui, je suis allemand.
- ☐ Non, je n'habite pas à Berlin.

c) Il a quel âge ?

- ☐ Il a faim.
- ☐ Il a trois ans.

d) Ils habitent en France ?

- ☐ Non, ils habitent à Paris.
- ☐ Oui, ils habitent à Paris.

points: ____ max. 4

4

Beschreibe dieses Zimmer mit deinen eigenen Worten. Bilde ganze Sätze. Wenn möglich, lass deinen Text von jemandem lesen, der Französisch kann. Für jeden Fehler ziehst du dir einen halben Punkt ab.

Dans notre cuisine, ______________________

____

____

____

____

______________________ *points:* *max. 6*

5

Ergänze die Sätze und achte dabei auf die richtige Form des eingesetzten Wortes. Ein Wort bleibt übrig.

trouver ami cadeau chercher idée

a) Elle invite ses ______________ à sa fête.

b) Ils cherchent une ______________ pour Estelle.

c) Nous ______________ aussi sur Internet.

d) Tu as une idée de ______________ ?

points: *max. 4*

6

Übersetze die Sätze.

a) In den Ferien mache ich eine Party.

____

b) Ich verbringe zwei Wochen bei meiner Cousine.

____

c) Wir spielen Spiele.

____

points: *max. 3*

7

Lies, was die Schüler erzählen, und trage unter dem passenden Bild ein, wer was macht. Ein Bild ist zu viel.

Gregory: Tu fais du sport, Hannah ?

Hannah: Oui, je fais de l'aviron. J'adore être sur l'eau !

Gregory: Et toi, Susie ?

Susie: Moi et le sport ? Ah non, je déteste le sport !

Gregory: Mais moi, j'adore le sport… le foot bien sûr !

Martin: Pas moi… Moi, je fais de la musique. Je fais de la flûte ! Comme toi, Karim, non ?

Karim: Non. Moi, je fais de la guitare.

points: ____ max. 3

a) ____________ b) ____________ c) ____________

8

Wie heißt der richtige Ort?

a) Où arrive le train ? à la ____________

b) Tu prends le métro où ? à la ____________

c) Et l'avion, tu prends où ? à l' ____________

d) Pendant la nuit, la voiture est au ____________

points: ____ max. 4

Total: ____ max. 34

Compte bien les bonnes réponses. C'est un point par réponse.
Dans ce test, tu peux avoir au total **34 points**.

Du hast **Kapitel 11 – Leseverstehen** durchgearbeitet. Anschließend hast du die Testaufgaben gelöst und deine Punkte zusammengezählt.

In der Checkliste kannst du nun alle Testaufgaben abhaken, bei denen du besonders gut abgeschnitten hast. Wenn du bei einigen Aufgaben noch nicht die volle Punktzahl erreicht hast, wiederhole einfach die Übungen, die in der letzten Spalte der Tabelle angegeben sind.

Meine Checkliste

Test-aufgabe	Thema	Konnte ich gut lösen	Ich hatte Fehler und wiederhole deshalb die Übungen
1	Kommunikation (Teil 1)		1 – 3
2	Familie und Freunde		4 – 6
3	Familie und Freunde		4 – 6
4	Unser Haus		7
5	Geburtstage		12
6	Ferien und Freizeit		8 – 10
7	Ferien und Freizeit		8 – 10
8	In der Stadt		11

12 Hörverstehen

12.1 Kommunikation (Teil 2)

WISSEN

Die Ausdrücke zu **Kommunikationsmitteln** findest du im **Kapitel 11**. Hier geht es darum, sie zu hören und im Kontext zu verstehen.

1

09

Höre die Dialoge an. Ergänze dabei die Lücken.

a) – ______________________ Marie !

– ______________________ Isabelle. ______________________ ?

b) – Corinne ?

– Oui. ______________________ , moi, c'est Maude !

c) – ______________________ , ça va ?

– Oui, merci. ______________________ ?

2

Was kann man in solchen Situationen sagen? Kreuze alle Möglichkeiten an.

a) wenn man ankommt:

- ☐ Bonjour !
- ☐ Salut !
- ☐ Pardon !

b) wenn man geht:

- ☐ À plus !
- ☐ Salut !
- ☐ Ciao !

c) wenn man sich entschuldigt:

- ☐ Pardon !
- ☐ Bonjour !
- ☐ Encore !

d) wenn man sich bedankt:

- ☐ Mère !
- ☐ Merci !
- ☐ À plus !

12.2 Schule

WISSEN

In der **Schule** verbringst du einen großen Teil des Tages.
Willst du über deinen **Stundenplan** sprechen? Dann brauchst du die **Wochentage, Uhrzeiten** und die Namen der **Schulfächer**, die du hast.

Die Wochentage und Uhrzeiten findest du in Kapitel 5.

Zum Beispiel:

l'allemand	(Deutsch)	**les maths**	(Mathe)
l'anglais	(Englisch)	**la biologie**	(Biologie)
le français	(Französisch)	**la physique**	(Physik)
la géo	(Erdkunde)	**l'histoire**	(Geschichte)
l'EPS	(Sport)	**la musique**	(Musik)

Achtung: Im Französischen brauchst du die Präposition *en*, um die Fächer einzuführen:
en allemand (in Deutsch)

3

Höre das Gespräch an. Ergänze die Übersicht.

10

Jours	Heure	Cours	Salle
lundi	10 h 15		A 10
		allemand	
mercredi			
			C 21
vendredi	11 h 30		

12.3 Das Wetter

WISSEN

Das **Wetter** spielt immer eine wichtige Rolle. Wenn du darüber reden willst, benötigst du unter anderem diese Ausdrücke:

Il fait froid.	(Es ist kalt.)
Il pleut.	(Es regnet.)
Il ne fait pas très beau.	(Das Wetter ist nicht sehr schön.)
Il fait beau.	(Es ist schönes Wetter.)
Il fait chaud.	(Es ist warm.)
Il y a beaucoup de soleil.	(Es ist sehr sonnig.)
Il fait très chaud.	(Es ist heiß.)

4

11

Höre den kurzen Wetterbericht an. Kreuze an, welches Wetter beschrieben wird. Mehrere Lösungen sind möglich.

- ☐ Il fait beau.
- ☐ Il fait froid.
- ☐ Le temps n'est pas super.
- ☐ Il pleut.
- ☐ Il fait chaud.
- ☐ Il fait trois degrés.
- ☐ Il y a du soleil.

12.4 Am Telefon

WISSEN

Franzosen **melden sich** am Telefon **nicht** mit ihrem Namen sondern mit dem Wörtchen *allô*. Dabei hebst du leicht die Stimme – wie bei einer Frage. Es hat keine direkte Bedeutung im Deutschen.

Am Ende eines Telefongesprächs kannst du dich auch mit *au revoir* verabschieden. Im Französischen gibt es keine besondere Verabschiedung bei Anrufen.

Deinen Freunden und Freundinnen kannst du natürlich auch *salut* sagen!

5

Höre genau zu und schreibe auf, was Catherine sagt.

– ______________________________

– Bonjour, Catherine, c'est Franck !

– ______________________________

– Oui, ça va ! Merci. Qu'est-ce que tu fais cette après-midi ?

– ______________________________

– On va à la piscine. Estelle, Marc et moi. On t'invite !

– ______________________________

____

– D'accord ! Salut. À plus !

12.5 Einkaufen

WISSEN

Beim **Einkaufen** stößt du immer wieder auf die gleichen Situationen. Willst du wissen, **was etwas kostet**, kannst du fragen:

Ça coûte combien ?/Ça fait combien ?	(Wie viel kostet es?)
Combien coûte le livre ?	(Wie viel kostet das Buch?)
La BD, c'est combien ?	(Wie viel kostet der Comic?)

6

13

Höre die kurzen Dialoge an. Ergänze dabei die Lücken.

a) – Ce ____________________ ? ____________________ combien ?

– C'est ____________________ euros.

– Il est ____________________ !

b) – ____________________ Monsieur ! Six pommes, s'il vous plaît !

– Et voilà !

– Ça coûte ____________________ ?

– 4 ____________________ 10 !

– Voilà !

– ____________________ , au revoir !

c) – Tu ____________________ ces crayons ?

– Non, je prends deux stylos noirs.

– Tu les as trouvés ?

– Oui, mais ils coûtent combien ?

– ____________________ à la ____________________ !

– ____________________ , Madame, les deux crayons noirs ____________________ combien, ____________________ ?

12.6 Im Restaurant

WISSEN

Das Wichtigste im **Restaurant** ist, zu verstehen, was auf der **Speisekarte** steht. Franzosen wählen meistens ein Menü, das mindestens aus 3–4 Gängen besteht. Auf der Karte siehst du oft:

l'entrée	(Vorspeise)	**le dessert**	(Dessert)
le plat principal	(Hauptgericht)	**le fromage**	(Käse)
les boissons	(Getränke)	**les glaces**	(Eissortiment)

Willst du die **Bedienung rufen**, ist es üblich *S'il vous plaît !* zu sagen. In französischen Filmen hört man noch oft die alte Bezeichnung *Mademoiselle !*

Willst du etwas **bestellen**, beginne deine Sätze mit:
Je voudrais . . . (Ich hätte gerne …)

7

Höre den kurzen Dialog und ergänze die Lücken im Text.

14

– Bonjour ! Vous ______________________ ?

– Bonjour ! Je ______________________

un ______________________ , s'il vous plaît !

– Et moi, je ______________________ un ______________________ .

– Et pour ______________________ ?

– Vous avez la ______________________ ?

1

Höre die beiden kurzen Dialoge an. Ergänze dabei die Lücken.

15

a) – ______________ Monsieur !

– ______________ Claire. ______________ ? C'est qui ?

– ______________ Paul Dujardin. Il est dans ma ______________ .

b) – Regarde, ce ______________ est pour toi !

– ______________ moi ? C'est sympa ! ______________ .

– ______________ , mais ______________ , ce n'est pas pour toi !

______________ pour Namira !

– Oh…

points: ____ *max. 11*

2

Höre den Dialog an. Beantworte die Fragen in ganzen Sätzen.

16

a) Quand est l'allemand maintenant ?

____

b) Qu'est-ce que c'est en A 10 ?

____

c) Est-ce que l'anglais est le mercredi matin ?

____

points: ____ *max. 3*

3

Beschreibe das Wetter. Ordne jedem Bild einen Satz zu.

A Il fait chaud. **B Il y a beaucoup de soleil.** **C Il fait beau.**

points: ____ *max. 3*

4

Finde im Dialog passende Ausdrücke für die folgenden Situationen.

17

a) wie man sich am Telefon meldet: ______________________

b) wie man sich verabschiedet: ______________________

c) wie man jemanden nach seinem Befinden fragt: ______________________

d) wie man jemanden einladen kann: ______________________

points: ____ max. 4

5

Was sagt man in solchen Situationen? Kreuze an.

a) Du willst CDs kaufen:

- ☐ Je cherche des CD.
- ☐ J'aime ces CD !

b) Du gibst das Geld:

- ☐ Voilà !
- ☐ C'est trois euros !

c) Du willst Croissants kaufen:

- ☐ J'aime les croissants !
- ☐ Deux croissants, s'il vous plaît !

d) Du brauchst Äpfel:

- ☐ Je trouve les pommes.
- ☐ Je voudrais des pommes.

points: ____ max. 4

6

Was kann man im Restaurant in diesen Situationen sagen? Kreuze an.

a) um ein Getränk zu bestellen:

- ☐ Je voudrais une eau minérale.
- ☐ Je prends un coca.
- ☐ Un diabolo, s'il vous plaît !

b) um eine Nachspeise zu bestellen:

- ☐ Vous avez des crêpes ?
- ☐ J'adore le gâteau au chocolat.
- ☐ Deux crêpes au nutella !

points: ____ max. 4

Compte bien les bonnes réponses. C'est un point par réponse.
Dans ce test, tu peux avoir au total **29 points**.

Total: ____ max. 29

Du hast **Kapitel 12 – Hörverstehen** durchgearbeitet. Anschließend hast du die Testaufgaben gelöst und deine Punkte zusammengezählt.

In der Checkliste kannst du nun alle Testaufgaben abhaken, bei denen du besonders gut abgeschnitten hast. Wenn du bei einigen Aufgaben noch nicht die volle Punktzahl erreicht hast, wiederhole einfach die Übungen, die in der letzten Spalte der Tabelle angegeben sind.

Meine Checkliste

Test-aufgabe	Thema	Konnte ich gut lösen	Ich hatte Fehler und wiederhole deshalb die Übungen
1	Kommunikation (Teil 2)		1 – 2
2	Schule		3
3	Das Wetter		4
4	Am Telefon		5
5	Einkaufen		6
6	Im Restaurant		7

Lösungen

1 Nomen, Artikel und Mengenangaben

1
a) l'école b) le gâteau c) la bouteille d) le livre

2
a) le cinéma b) la pomme c) la fille d) la maison e) le cadeau

3
a) J'ai **un** frère et **une** sœur. b) Il y a **un** problème ! c) Ma mère prépare **des** gâteaux. d) Jules a **un** chat et **un** chien. e) Les élèves ont **des** questions. f) Céline a **une** idée. g) Ses parents ont **une** voiture.

4
un	une	des
ordinateur	salle	livres
garçon	photo	crayons
portable	maison	jeux
vélo	semaine	jours

5
b) une famille, **des familles (eine Familie, Familien)** c) des jeux, **un jeu (Spiele, ein Spiel)** d) un jus, **des jus (ein Saft, Säfte)** e) des magasins, **un magasin (Geschäfte, ein Geschäft)** f) un lit, **des lits (ein Bett, Betten)**

6
a) euro b) eau c) musée d) pull e) classe

7
a) **le** foot b) **la** famille c) **le** jeu d) **le** tennis e) **la** mère f) **le** cadeau g) **la** chanson h) **le** gâteau i) **la** guitare j) **le** père k) **la** rue l) **la** sœur m) **l'**euro (maskulin) n) **la** pomme o) **la** danse p) **la** cuisine q) **la** musique r) **le** frère

8
a) le copain, la copine b) le chanteur, la chanteuse c) le garçon, la fille d) le frère, la sœur e) l'oncle, la tante

9

a) des livres b) des chiens c) les chansons d) les frères e) des clés
f) les problèmes g) les copains h) des cahiers i) les professeurs j) les tomates
k) des pizzas

10

a) les films b) les chats c) les chaises d) les amis e) les balles

11

b) Non, nous avons quatre chats. c) Non, il a deux BD à la maison.
d) Non, ils ont deux chiens et trois chats. e) Non, elle a deux sœurs.
f) Non, ils ont cinq stylos noirs.

12

a) Où sont mes **CD**. b) Elle adore les **gâteaux**. c) J'ai fait deux **jeux**.
d) Delphine l'a aimé pendant des **mois**. e) Les **enfants** regardent les **animaux**.

13

b) Elle a un peu de travail.
c) Nous n'avons pas assez d'exercices.
d) J'ai un peu faim.
e) Il demande beaucoup de choses.
f) Non, c'est trop !
g) Est-ce que tu prends un peu de pizza ?

14

a) une bouteille de jus de pommes b) une liste de livres
c) une tablette de chocolat d) un kilo de pommes e) deux bouteilles d'eau

15

a) À la maison, nous avons 1000 livres. Ce sont **beaucoup de** livres.
b) Dans mon quartier, il n'y a **pas de** musée.
c) Nils a **assez d'**argent : il va chercher un portable.
d) Merci, j'ai **assez d'**eau !
e) Il n'y a pas **beaucoup de** filles dans ma classe.
f) Je prends 5 kilos de fraises : ce sont **beaucoup de** fraises !

16

b) un kilo de fraises c) 5 bouteilles de jus (de fruit) d) 1 gâteau

Test

1

a) Voilà **la voiture**.

b) Voilà **l'oncle de Fabrice**.

c) Voilà **l'exercice de Marie**.

d) Voilà **les devoirs**.

2

a) la chaise, **les chaises** b) l'idée, **les idées** c) **le CD**, les CD d) **la maison**, les maisons e) le gâteau, **les gâteaux** f) le jeu, **les jeux** g) l'animal, **les animaux**

3

b) la fille, les filles c) l'ordinateur, les ordinateurs d) la chanson, les chansons e) le gâteau, les gâteaux

4

a) écouter de la **musique** b) parler au **téléphone** c) regarder un **film** d) regarder la **télévision** e) jouer de la **guitare**

5

a) Henriette chante **beaucoup de chansons**.

b) Moi, j'ai **assez de problèmes**.

c) Charles a **trop de DVD**.

d) Tu **n'**as **pas d'amis** ?

e) Ils ont **peu de livres**.

f) Les Dupont ont **beaucoup de chats**.

23 – 26 points :	14 – 22 points :	0 – 13 points :
Tu as très bien travaillé !	Ça va, mais tu peux mieux faire !	Trop de fautes ! Recommence ce chapitre !

2 Begleiter des Nomens

1

jeappeler**tuil**maman**elle**omcourtcette
nousjouerfévrier**vous**mars**ilselles**ici

2

b) C'est Jean. Il habite maintenant en Espagne. c) Je suis Sandra Florin. J'ai 12 ans. d) Sandro et Anne-Marie ? Ils sont en cinquième. e) Salut, Luc ! Tu vas au foot ?

3

a) Marie et Corinne ? Elles sont fatiguées. b) Nous avons peur ! c) Léa, Valérie et Hugo ? Ils ont un chat. d) Vous êtes en 5 a.

4

a) Oui, et toi ? b) Et toi ? c) Et moi, je suis Bella. d) Oui, et toi ? e) Moi, c'est Adam. f) Et moi, Chloé !

5

b) Jean fait ses devoirs. **Il les fait aujourd'hui ?** c) Cécile a un livre. **Elle l'a en anglais ?** d) Ils n'aiment pas le rap. **Et ils ne l'aiment vraiment pas !** e) Tu cherches ta clé ? **Oui, je la cherche.**

6

a) Sandrine b) le dessert, le cahier c) ses devoirs d) je e) la danse, la cuisine française f) il

7

b) Oui, nous les avons. c) Oui, je les fais. d) Oui, je t'aime.

8

a) On va à Paris où on peut visiter la tour Eiffel. b) L'hôtel où on va est très cher. c) La ville où il habite est jolie.

9

b) Lyon, c'est une ville que j'aime.
c) C'est un voisin que je ne vois pas tous les jours.
d) Le film qu'elle regarde est super.
e) C'est Damien que nous appelons.

10

b) J'ai un frère qui s'appelle Jean. c) Elle a un ami qui n'est pas facile.
d) Elle écoute une chanson qui est sympa.

11

a) **mon** chien b) **ta** sœur c) **ses** chats d) **mes** skis e) **tes** idées f) **sa** voiture

12

b) C'est ton père ? Non, ce n'est pas mon père ! c) C'est le vélo de Pierre ?
Non, ce n'est pas son vélo. d) C'est mon stylo ? Oui, bien sûr ! Ton stylo !
e) Léa ? La copine de Léo ? Oui, c'est sa copine.

13

a) Élodie commence **ses** devoirs. b) **Son** portable est noir. c) **Son** amie n'est pas là.
d) Jean prend **son** livre. e) **Ses** cousines sont sympas. f) **Ses** BD sont super.
g) Demain, Jules ne va pas au foot. C'est **son** anniversaire.

14

a) C'est **notre** CD. b) Julie et Laurence, ce sont **vos** crayons ? c) Ce sont **nos** stylos !
d) **Votre** chien a 8 ans ? Et **notre** chat a 2 ans !

15

a) **Leurs** parents sont Jean et Muriel.
b) **Leur** nom est Martinet-Dujardin !
c) Oui, **leur** chat s'appelle Momo.
d) **Leur** fille a 11 ans.
e) **Leurs** amis arrivent à huit heures !

16

b) **cette** BD c) **cet** ordinateur d) **cet** enfant e) **ce** vélo

17

a) Elle mange **ces** pommes ? b) **Ce** garçon est sympa ! c) Et **cette** fille est géniale !
d) Nous ne faisons pas **ces** exercices. e) **Cette** chambre est jolie. f) **Ces** élèves
travaillent bien. g) **Ce** film est intéressant. h) Vous avez **ce** CD chez vous ?

18

a) ce livre b) cette voiture c) cet appartement d) cette femme e) ces pulls
f) cette élève g) ces chats h) cet homme

Test

1

a) Stéphane, **tu** cherches ton sac ? b) **Nous** arrivons à 19 heure. c) Paul et Marie ? **Ils** ne sont pas là ? d) Monsieur Durand ? **Il** est au travail. e) **Vous** êtes la famille Houjin ? f) **J'**ai une tasse. g) Julie et Andrea ? **Elles** sont à l'école.

2

a) Moi b) toi c) toi d) Il e) moi f) Nous g) toi

3

a) Il prend la bouteille. **Il la prend.**
b) Julie cherche les mots. **Elle les cherche.**
c) Marc retrouve ses copains. **Marc les retrouve.**
d) Je regarde Nancy. **Je la regarde.**
e) Il mange le dessert. **Il le mange.**

4

a) qui b) où c) que d) qu' e) qui f) qui g) où

5

a) C'est **son** frère. b) C'est **sa** sœur. c) Ce sont **ses** parents. d) C'est **leur** tante.
e) Ce sont **leurs** grands-parents.

6

Moi, je m'appelle Karine. Tu connais Martin, Cécile, David, Simon, Xavier, Noémie et Émile ? Je t'explique ! Martin, c'est **mon** frère et Cécile et David sont **mes** parents. Simon et Xavier sont **mes** cousins. Ils ont 12 et 15 ans. Noémie est **ma** copine. Depuis 10 ans déjà ! Mais Émile, tu le connais !
C'est **mon** chat !

7

a) cette b) ce c) cet d) cette e) cet f) ces

38–42 points:	22–37 points :	0–21 points :
Tu as très bien travaillé !	Ça va, mais tu peux mieux faire !	Trop de fautes ! Recommence ce chapitre !

3 Das Adjektiv

1
a) jolie b) petite c) grand d) touristique e) contente

2
a) chère b) nulle c) sympa d) bonne

3
a) allemande b) petit c) grande d) français e) contente

01

Hörverstehenstext:
Julia est allemande. • J'ai un petit chien. • Son école est très grande. • Ton corres est français ? • Magalie est très contente.

4
a) les jolis garçons b) les petites filles c) les livres intéressants
d) les petites pommes e) les bons films f) les grands jardins g) les histoires fantastiques

5
a) Les gâteaux sont trop **bons**. b) J'ai deux **grands** frères.
c) Ces enfants sont **sympas**. d) Nous avons deux **petits** chats.

6
a) contents b) bon c) française d) petit e) intéressant

02

Hörverstehenstext:
Sam et Cindy sont dans ma classe. Ils sont très contents aujourd'hui. • À la boulangerie, Valérie a mangé un très bon croissant. • Ma copine française Laura a 12 ans demain. C'est son anniversaire ! • Vous faites le petit exercice dans votre cahier, s'il vous plaît ! • Voilà un film intéressant !

7
a) une BD intéressante b) une jolie ville c) des enfants contents
d) un élève sympa e) un bon souvenir

8

Salut Antoine,
Ça va ? Je passe des super vacances ~~super~~ dans une petite ville ~~petite~~ sympa ! Il y a une belle plage ~~belle~~ et une grande piscine ~~grande~~. Ils ont aussi des ~~intéressants~~ trucs intéressants pour les jeunes.
C'est trop cool ! À bientôt !
Bises
Nadine

9

a) Ils habitent dans une **petite** maison. b) Sa sœur est une **jolie** fille.
c) J'ai une **grande** chambre. d) Alice prépare un **bon** gâteau.
e) Elle a une tante **française**.

10

a) Elle a un **petit chien**. b) J'ai un **vélo noir**. c) Ils cherchent un **cadeau intéressant**.
d) Dans la ville, il y a un **grand château**. e) Julie a une **jolie chambre**.
f) Nous avons une **professeure géniale**.

11

b) Voilà notre **voiture noire**. c) Il a une **grand-mère géniale**. d) Elle a un **petit lit**.

12

a) Laure porte une jupe bleue. b) Tu cherches ton stylo vert ?
c) Mes chaussures sont noires. d) Je n'aime pas les pantalons blancs.

13

a)			N	O	I	R
b)		V	E	R	T	
c)		B	L	A	N	C
d)	J	A	U	N	E	
e)	R	O	U	G	E	
f)		B	L	E	U	

Lösungswort: O R A N G E

14

a) une voiture bleue b) des livres rouges c) un sac noir d) des chemises blanches

Test

1

a) Pierre est un **joli** garçon.
b) Thomas est **petit**, sa mère aussi est **petite**.
c) Marie est **grande**.
d) Ce film est **intéressant** !
e) Les pommes ne sont pas **bonnes**.

2

a) Elle cherche ses stylos **noirs**.
b) Leur **petit** appartement est très **cher/sympa**.
c) Andrea habite à Berlin. Elle est **allemande**.
d) Léo a une copine **sympa**.
e) Paris est une **jolie** ville.

3

a) un pantalon blanc b) une jupe bleue c) des pulls rouges d) des lunettes noires
e) une robe jaune

4

a) d) e)

5

a) Il a des livres intéressants.
b) Mon petit livre est dans la cuisine.
c) Ses frères sont sympas.
d) C'est une petite ville.
e) Les garçons ne sont pas contents.

22–25 points :	13–21 points :	0–12 points :
Tu as très bien travaillé !	Ça va, mais tu peux mieux faire !	Trop de fautes ! Recommence ce chapitre !

4 Die Verben *être* und *avoir* im Präsens

1

a) Il **est** huit heures. b) Tu **es** contente ? c) C'**est** bien ! d) Est-ce que tu **es** là aujourd'hui ? e) Elle **est** sympa. f) Et toi, tu **es** d'accord ?

2

a) sommes b) êtes c) sont

3

b) Elle **est Karine**. c) Tu **es de Paris**. d) Tu **es française**.

4

a) – Salut ! Moi, je **suis** Sophie, et toi ?
– Moi, je **suis** Coraline.

b) – Et lui, c'**est** M. Dupont ?
– Non ! C'**est** M. Valeraud !
– Ah. M. Valeraud ! Il **est** professeur !

c) – Ella **est** très sympa !
– Comme toi ! Tu **es** aussi une fille géniale !

5

a) Les chaises **sont** dans la classe.
b) Ces garçons **sont** sympas.
c) Vous **êtes** où ?
d) Ils ne **sont** pas là.
e) Est-ce qu'elles **sont** en France ?

6

a) Ses enfants **sont grands**.
b) Les gâteaux **sont très bons**.
c) Elles **sont à l'école**.

7

a) Je suis content/contente.
b) Aujourd'hui, Jean est chez Sophie./Jean est chez Sophie aujourd'hui.
c) Fabienne et Delphine sont à l'infirmerie.

8

b) J'ai une photo de Tom !
c) Marie a un frère et une sœur.
d) Est-ce que tu as ton livre ?

9

nous avons, vous avez, ils/elles ont

10

a) Lucie est **à** New York. b) M. Julin **a** son livre. c) Il n'**a** pas son cahier aujourd'hui.
d) C'est **à** huit heures. e) Elle **a** deux maisons. f) Carole habite **à** Lyon.

11

a) Est-ce qu'ils **ont** des devoirs ?
b) Nous **avons** français, maintenant.
c) Elles n'**ont** pas de chats.
d) Vous **avez** 15 ans.
e) Ils **ont** un cadeau pour Steffi.
f) Nous **avons** trois ordinateurs.

12

Salut Zoé !
Ça va ? Regarde la photo ! C'est Fabien. Il est super sympa ! Il **a** 16 ans.
Il **a** un frère mais il n'**a** pas de sœur. Il **a** aussi 10 chiens et 10 chats !
Son père **a** une très grande maison. Il n'habite pas ici **à** Lyon mais **à**
Heyrieux. C'est **à** 20 km d'ici. C'est le copain de ma sœur !
Bises
Corinne

13

a) J'ai faim. b) J'ai soif. c) Tu as quel âge ? d) Tu as un chat ou un chien ?
e) J'ai 13 ans. f) Tu as des frères et sœurs ?

14

a) Ils ont un chien.
b) Vous avez un stylo noir ?
c) Valentino et Max ont deux frères et une sœur.
d) Nous avons un problème.
e) Ils/Elles ont onze ans.

Test

1

a) **Mon frère** est petit.
b) **Je** suis jolie !
c) **Valérie** est contente.
d) Est-ce que **tu** es là ?
e) **Je** ne suis pas de Paris.
f) **Tu** es au collège Balzac.

2

a) Est-ce que Jean et Julie **sont** au café ?
b) Vous **êtes** au collège ?
c) C'**est** une fille !
d) Je **suis** ici.
e) Pourquoi tu n'**es** pas en cinquième ?
f) Nous **sommes** allemands.

3

a) J'**ai** faim. b) Théo **a** deux chats. c) Ma copine **a** 15 ans.
d) Est-ce que tu **as** mon CD ? e) Tu **as** tes exercices ?

4

a) Mes parents **sont** au théâtre.
b) Ils **ont** 18 ans !
c) Ils n'**ont** pas leurs stylos.
d) Est-ce qu'ils **sont** là ?
e) Ils **ont** une surprise pour nous.
f) Elles **sont** contentes !

5

a) Isabelle a une question. b) Pascal a un vélo. c) Ils ont un frère. d) Mes oncles ont vingt ans. e) J'ai une bonne idée. f) Nous n'avons pas de CD.

25–29 points :	16–24 points :	0–15 points :
Tu as très bien travaillé !	Ça va, mais tu peux mieux faire !	Trop de fautes ! Recommence ce chapitre !

5 Zahlen und Zeitangaben

1

a) 9,03 € b) 8,10 € c) 3,09 €
d) 1 € e) 4,05 € f) 6 €

2

a) J'ai treize ans.
b) J'invite vingt-neuf copains/amis.
c) Dans la classe, nous sommes onze garçons et dix-neuf filles.
d) Ça coûte cinquante-huit euros.
e) Mon père a cinquante-et-un ans.
f) Paul a trente-six livres dans sa chambre.

3

a) soixante-douze (72)
b) dix-neuf (19)
c) cinquante-six (56)
d) quatre-vingt-neuf (89)
e) soixante-quatre (64)

4

a) sept heures vingt – aller à l'école manger
b) une heure – manger
c) dix-sept heures – faire les devoirs
d) huit heures et demie – regarder la télévision

5

a) Est-ce que tu vas au foot à quatre heures ? – Non, je vais au foot à quatre heures et demie.
b) Est-ce que vous allez à la cantine à une heure moins vingt ? – Non, on va à la cantine à une heure et quart.
c) Tu as allemand à huit heures et demie ? – Non, j'ai allemand à trois heures moins le quart.

6

Musterlösung:
a) Le matin, je vais à l'école. En classe, je prends mes stylos et mon cahier. J'écoute le professeur. Je travaille bien.

7

D	C	M	I	C	E	L	A	J	S
É	J	A	V	R	I	L	R	U	E
C	A	R	E	E	T	V	E	I	P
E	N	S	J	U	I	L	L	E	T
M	V	N	O	V	E	M	B	R	E
B	I	C	J	U	I	N	M	I	M
R	E	O	C	T	O	B	R	E	B
E	R	A	E	M	Z	L	S	L	R
H	L	Q	U	A	O	Û	T	M	E
F	É	V	R	I	E	R	N	S	N

8

a) le 5.5

b) le 1.2

c) le 31.12

d) le 3.7

e) le 13.6

03

Hörverstehenstext:
Aujourd'hui, c'est le 5 mai. • Maurice arrive le 1er février. • Qu'est-ce que vous faites le 31 décembre ? • Le 3 juillet, c'est les vacances ! • Vendredi, c'est le 13 juin.

Test

1

a) onze b) vingt-et-un c) quarante-cinq d) cinquante-et-un e) soixante-huit f) trente-deux

2

04

Hörverstehenstext:
a) 04.73.38.57.96
b) 06.23.65.87.28
c) 03.98.88.76.67
d) 01.45.54.76.80

3

a) Il est six heures et quart.
b) Il est trois heures et demie.
c) Il est cinq heures moins le quart.
d) Il est neuf heures dix.

4

Musterlösung:
Le soir, nous mangeons ensemble : mon père, ma mère, mon frère et moi. Sur la table, il y a une salade, une baguette et un salami. J'ai faim ! J'aime le soir à la maison.

5

a) le 2 août b) le 4 juillet c) le 1er juillet d) le 4 août e) 10 jours

23 – 26 points :	13 – 22 points :	0 – 12 points :
Tu as très bien travaillé !	Ça va, mais tu peux mieux faire !	Trop de fautes ! Recommence ce chapitre !

6 Verben im Präsens

1
b) vous cherchez c) j'arrive d) ils travaillent e) nous restons f) tu regardes

2
a) **Je** téléphone à Karine ! b) **Les garçons** jouent au foot. c) **Tu** regardes la télévision ? d) **Nous** travaillons demain. e) **Vous** cherchez la salle de classe ?

3
a) Ils aim**ent** les chats. b) Nous demand**ons** au professeur. c) Tu trouv**es** ton exercice ? d) Vous cherch**ez** une boulangerie ? e) Je dans**e** et je chant**e**.

4
a) trouves b) demande c) écoutent d) aimons e) habites f) jouez g) aimes

05

Hörverstehenstext:
Est-ce que tu trouves la chanson ? • Marie demande à son père. • Ils écoutent une chanson. • Nous aimons beaucoup la France. • Tu habites ici ? • Vous jouez le lundi ? • Est-ce que tu aimes le foot ?

5
b) Les élèves regardent la BD. c) Je cherche mon frère. d) Nous adorons le sport. e) Vous aimez les pommes ?

6
a) Elle cherche sa mère. b) Nous parlons beaucoup. c) Sophie et Marc aiment la musique. d) Tu demandes à ton père. e) Je regarde le livre.

7
achètenteerien**appelle**ka**commencent**
bougenthiass**paie**schadgwlqirhefacpr
entmchsddqwio**mangeons**edpfnkoouth

8
acheter, appeler, commencer, bouger, payer, manger

9
a) tu **achètes** b) nous **commençons** c) je m'**appelle** d) ils **paient**

10

attendre : j'attends, tu **attends**, il/elle **attend**,
nous **attendons**, vous **attendez**, ils/elles **attendent**,
entendre : j'**entends**, tu entends, il/elle **entend**,
nous **entendons**, vous entendez, ils/elles **entendent**,

11

a) il/elle prend b) vous prenez c) ils/elles prennent

12

a) Je ne **prends** pas d'eau. b) Vous **prenez** le DVD ? c) Ils **prennent** leurs vélos.
d) Tu **prends** le chien ? e) Les élèves **prennent** leurs livres.

13

a) Delphine **lit** un livre intéressant.
b) Tu **lis** beaucoup.
c) Je **mets** un t-shirt.
d) Vous **mettez** une robe ?
e) Nous le **mettons** sur la table.
f) Elles n'**écrivent** pas.
Lösungswort: ils/elles **lisent**

14

a) B, I b) B, I c) E, C d) F, G e) A, H f) D, J

15

a) je bois b) il dit c) ils/elles disent d) nous buvons e) tu dis f) je dis g) il boit
h) vous buvez

16

a) je dors b) tu sors c) ils/elles partent

17

a) Tu dors encore ? b) Vous partez quand ? c) Elle sort avec Florent. d) Patrick et Stéphane dorment chez Paul. e) Je pars à Toulouse. f) Nous partons dans deux jours.

18

a) il dort b) tu pars c) nous sortons

19

a) sors b) dort c) partent d) sortent e) pars

06

Hörverstehenstext:
Je sors à deux heures aujourd'hui. • Il est 11 h. Il ne dort pas ! • Lundi, ils partent en vacances. • Ils ont téléphoné. Ils sortent ce soir. • Tu pars à quelle heure ?

20

a) Elle dort dans son lit. b) Il sort le/ce soir. c) Nous partons demain. d) Aujourd'hui, je dors. e) Ils sortent ensemble. f) Elles dorment beaucoup.

21

a) Elle **choisit** le pull bleu.
b) Tu **finis** à quelle heure ?
c) Il **réfléchit** longtemps pour cet exercice.
d) Je **finis** les devoirs.
e) Tu ne **choisis** pas de dessert ?

22

a) Elles **choisissent** le pull bleu.
b) Vous **finissez** à quelle heure ?
c) Ils **réfléchissent** longtemps pour cet exercice.
d) Nous **finissons** les devoirs.
e) Vous ne **choisissez** pas de dessert ?

23

f o t o m b e c c h e r c h e o u b **o u v r e s** p a t s b d f i
s o n t d i w s o m m e s e **v o y o n s** b e n e n d **v i e n t**

24

tu ouvres (ouvrir), nous voyons (voir), il/elle vient (venir)

25

a) j'ouvre b) nous voyons c) elle vient d) ils/elles ouvrent e) je vois
f) ils/elles viennent

26

a) Non, ils viennent demain. b) Oui, il vient le matin. c) Les montagnes !
d) La porte ? e) Pour ouvrir la bouteille ? f) Je ne le vois pas. g) Attends, j'arrive !
h) Leur fils ? Oui.

27

a) Qu'est-ce que tu **fais** ? b) Il **fait** de la guitare. c) Tu **fais** du foot ?
d) Je ne **fais** pas de gâteau. e) Vous **faites** du sport. f) Ils **font** de l'athlétisme.

28

b) Nous **faisons du foot**. Wir spielen Fußball. c) Elle lui **fait une surprise**. Sie bereitet (macht) ihm/ihr eine Überraschung. d) Elles **font de la guitare**. Sie spielen Gitarre. e) Je **fais les exercices**. Ich mache die Übungen. f) Vous **faites de l'athlétisme**. Ihr macht Leichtathletik./Sie machen Leichtathletik.

29

a) Mme Valud **va** au bureau. b) Le chanteur ne **va** pas chanter aujourd'hui.
c) Où est-ce qu'ils **vont** ? d) Nous **allons** au collège. e) Tu **vas** commencer ?

30

a) va b) vas c) vais d) va e) vas f) vais g) allons

07

Hörverstehenstext:
Salut Xavier, ça va ? • Malika, tu vas où ? • Moi, je vais au gymnase pour faire de la danse. • Béatrice va à la danse et Louis au foot. • Et toi, tu vas où ? • Moi, je vais au théâtre. • Nous allons à Bonn.

31

a) Il va à la boulangerie. b) Nous allons à l'école. c) Anna va chez Jana.

32

a) Tu **veux** de l'eau ?
b) Demain, je ne **peux** pas être là. Je suis au foot.
c) Tu **veux** mon cahier ?
d) Je comprends ! Maintenant, je **peux/veux** faire l'exercice.
e) Tu **peux** arriver à 4 heures, s'il te plaît ?
f) Jean ne **veut** pas de cadeau.
g) Cécile **veut** faire du foot.
h) Moi, je **veux** un chat, mais mon frère **veut** un chien.

33

a) sur b) soir c) souvent d) sous

34

a) Je ne sais pas. b) Elle sait faire de la guitare. c) Ils/elles savent tout.

Test

1
a) Tu **aimes** le film ? b) Je **téléphone** à ma mère. c) Nous **arrivons** à trois heures.
d) Vous **parlez** allemand ? e) Ils **regardent** un DVD. f) Tu **cherches** le chien ?
g) Pierre ne **travaille** pas ! h) Ses parents **cherchent** une maison. i) Tu **joues** avec moi ?

2
a) elle paie b) nous bougeons c) elle s'appelle d) ils/elles achètent
e) nous mangeons

3
a) Mme Brégon **prend** son ordinateur.
b) Elle **prend** des cours de danse.
c) Vous **prenez** votre chat ? d) On **prend** ce CD ?

4
a) J'**attends** devant l'école.
b) Il **attend** sa copine ?
c) La radio est trop fort. Paul ne m'**entend** pas.
d) Est-ce que tu **attends** Manuel et Claire devant le collège ?
e) Nous n'**entendons** pas le professeur !

5
a) Je **mets** un pull aujourd'hui.
b) Elle **écrit** à Pauline.
c) Vous **mettez** l'eau sur la table, s'il vous plaît !
d) Mes parents **lisent** le journal le matin.

6
a) Elle **écrit** à son père.
b) Vous **mettez** un pull ?
c) Marcello et Arabella **lisent** un bon livre.

7
a) Elle écrit une liste.
b) Il met son cahier sur la table.
c) Qu'est-ce que tu écris ?
d) Je prends des pommes.

8

a) Il **part** quand en France ? b) Maria **sort** dans la cour. c) Tom **part** à 7 heures à l'école. d) Ce matin, Nathalie **dort** jusqu'à 10 heures.

9

a) Vous **choisissez** le gâteau ou les crêpes ?
b) L'exercice est très long. Les élèves ne **finissent** pas aujourd'hui.
c) Je **finis** dans cinq minutes et j'arrive ! d) Elle **choisit** la guitare ou la flûte ?

10

a) Vous ouvrez le livre à la page 13.
b) Le professeur ouvre la porte et voit Annabel.
c) Quand est-ce que tu viens ?
d) Il vient chez toi samedi ?

11

je **fais**, tu **fais**, il/elle/on **fait**, nous **faisons**, vous **faites**, ils/elles **font**

12

a) Marc va à Paris.
b) Nous allons à la boulangerie.
c) Quand est-ce que tu vas arriver ?
d) Aujourd'hui, je vais à pied à l'école.
e) Charles ne va pas rester !
f) Pourquoi ils vont à Hambourg ?
g) Vous allez où ?

13

a) Samedi ? Oui, je **peux** venir ! b) Non, je ne **veux** pas ! c) Nous **pouvons** rester jusqu'à 22 heures. d) Tu **veux** bien ? e) Elles **peuvent** avoir une bonne note.

14

a) Je ne sais pas. b) Non, quoi ? c) Je ne sais pas quand. d) Non, il est trop petit.

63–68 points :	35–62 points :	0–34 points :
Tu as très bien travaillé !	Ça va, mais tu peux mieux faire !	Trop de fautes ! Recommence ce chapitre !

7 Das Präsens, das *Futur composé* und der Imperativ

1

a) e) f) g)

2

a) Tu **fais** une photo. b) Je t'**aime**. c) Le cours **commence** à 7 heures 45. d) Nous **regardons** la télévision. e) Je **mange** une pizza. f) Ils **travaillent** au bureau aujourd'hui. g) Tu **restes** à l'école après le cours ?

3

Paul, Marc et Valérie **habitent** à Paris. Ils **adorent** leur quartier et leurs amis. Mais les parents de Paul ne sont pas contents : l'appartement **est** petit ! Alors ils **cherchent** un autre appartement. (…) Maintenant, ils **ont** une jolie maison à Montrouge. La mère de Paul **est** très contente ! Mais les enfants…

4

a) Du machst ein Foto. b) Ich liebe dich. c) Der Kurs/Unterricht beginnt um 7.45 Uhr. d) Wir sehen fern. e) Ich esse eine Pizza. f) Sie arbeiten heute im Büro. g) Bleibst du nach dem Kurs/Unterricht in der Schule?

5

a) Il ne **travaille** pas. b) Elle n'**aime** pas. c) Nous ne **faisons** pas de sport. d) Tu ne lui **demandes** pas. e) Ils ne **cherchent** pas. f) Il n'**est** pas sympa. g) Vous n'**avez** pas de cadeau.

6

b) Elle ne cherche pas son chien. c) Ils ne trouvent pas la bibliothèque. d) Marie ne chante pas. e) Elles n'aiment pas les chats !

7

b) Je n'invite pas mon frère.
c) Le gâteau n'est pas bon.
d) Luc ne fait pas de danse.

8

a) Il **va visiter le musée**. b) Tu **vas aller à l'école**. c) Nous **allons regarder un DVD**.

9

a) je vais faire b) nous allons regarder c) elle ne va pas chercher
d) ils/elles vont écouter

10

a) Ils ne vont pas rester.
b) Elle ne va pas travailler.
c) Nous n'allons pas prendre de photos.

11

a) Elle va téléphoner à son frère.
b) Je vais chercher Marie.
c) Nous n'allons pas chanter avec Jean.
d) Ils/Elles ne vont pas trouver le livre./Vous n'allez pas trouver le livre..

12

favadioe**regardez**vezooton**demande**
cherchefronsrlntchesnoeso**parlons**
aco**travailleva**evedf**trouve**prasons

13

a) Regarde le film !
b) Cherche ton frère, s'il te plaît !
c) Écoute cette chanson !
d) Jouez au foot !
e) Allons en récréation !

14

a) Céline, **mange** ta pizza !
b) Pierre, Lucie, **regardez** mes photos !
c) **Travaille** bien, Luc !
d) Stéphane et Jana, **téléphonez** à vos parents !
e) Les enfants, **allez** à la piscine aujourd'hui !

Test

1

a) Christelle n'habite plus à Berlin.
b) Tu commences demain.
c) Aujourd'hui, il n'est pas là.
d) Vous cherchez le chat ?

2

b) Ils **arrivent**. c) Sandro **cherche** un appartement. d) Tu **ne trouves pas** le CD de Zaz. e) Je **ne mange pas** cette pizza. f) Ils **travaillent** le matin.

3

a) Elle chante une chanson.
b) Ils n'aiment pas les devoirs.
c) Léa adore son chat.
d) Mon grand frère ne joue pas avec nous.

4

b) Carine va faire de la guitare.
c) Cécile et Géraldine vont écouter de la musique.
d) M. Lorato ne va pas travailler au bureau.
e) Elle va avoir un portable.

5

a) Finis ton travail !
b) Allons au cinéma !
c) Venez avec nous, s'il vous plaît !
d) Cherche les clés !

19 – 21 points :	11 – 18 points :	0 – 10 points :
Tu as très bien travaillé !	Ça va, mais tu peux mieux faire !	Trop de fautes ! Recommence ce chapitre !

8 Das *Passé composé*

1

b) passé c) fait d) trouvé e) parlé f) tombé g) tourné h) joué i) resté j) raconté

2

b) verbracht c) gemacht/getan d) gefunden e) gesprochen/geredet f) gefallen g) (ab)gebogen h) gespielt i) geblieben j) erzählt

3

a) habiter: j'ai habité, tu **as habité**, il/elle/on **a habité**,
nous avons habité, vous **avez habité**, ils/elles **ont habité**,

b) faire: j'ai fait, tu **as fait**, il/elle/on **a fait**,
nous **avons fait**, vous **avez fait**, ils/elles **ont fait**,

4

a) j'ai mangé
b) il a écouté
c) Vous avez parlé
d) nous avons parlé
e) tu as demandé
f) j'ai préparé
g) elle a téléphoné
h) vous avez cherché
i) j'ai trouvé
j) tu as regardé

5

a) Marie et Sylvie **ont rangé** leur chambre.
b) Tu **as cherché** un cadeau pour ton copain.
c) Dimanche, nous **avons mangé** au restaurant.
d) Elle **a raconté** l'histoire à sa mère.
e) J'**ai trouvé** un DVD intéressant.
f) Nous **avons préparé** une surprise.

6

b) Ils n'**ont** pas **mangé** le gâteau.
c) Lundi, nous n'**avons** pas **travaillé**.
d) Tu n'**as** pas **rangé** ta chambre !

7

b) Non, je n'ai pas retrouvé Alan.
c) Nous, nous n'avons pas écouté la chanson.
d) Non, je n'ai pas porté mon petit frère.

8

b) Elle est arrivée.
c) Tu es resté/restée.
d) Ils sont arrivés.
e) Il est parti.
f) Pierre et Claire sont montés.

9

b) Mme Cateloup est mont**ée** dans le bus.
c) Ils sont entr**és** dans la boulangerie.
d) Le chien est rest**é** devant la porte.
e) Claire et Isabelle sont part**ies** ensemble.

10

a) Tu **es allé(e) en France**.
b) Il **est monté dans le train**.

11

a) Je **ne** suis **pas** allée au cinéma.
b) Ils ne sont **pas** allés en France.
c) Elle **n'**est **pas** sortie à 22 heures.
d) Ils **ne** sont **pas** montés chez la voisine.
e) Nous **ne** sommes **pas** descendus à la station de métro « Nation ».
f) Tu **n'**es **pas** partie en Italie cette année ?
g) Elles **ne** sont **pas** allées au restaurant.

Test

1

a) J'**ai joué** de la guitare.
b) Nous **avons passé** les vacances à Lyon.
c) Ils **ont écouté** de la musique.

2

a) Jules **a demandé** à son frère. b) Nous **avons fait** la fête.
c) Jules n'**a pas regardé** les filles. d) Ils **ont mangé** une pomme.

3

a) J'ai traversé la rue.
b) Elle a passé une semaine ici.
c) Nous n'avons pas fait de judo.

4

a) Florence et Zoé **sont sorties** de la classe.
b) Théo **est parti** hier.
c) Tabea **est restée** chez nous.
d) M. et Mme Chaffut **sont montés** dans le métro.
e) Les filles **sont allées** à Munich.
f) Mes parents **sont arrivés** hier.
g) Je **suis parti/partie** en vacances.

5

b) Oui, je suis allé à New York.
c) Non, nous ne sommes pas montés sur la tour.
d) Oui, elle est partie en juin.
e) Non, elles ne sont pas restées longtemps.

19–21 points :	11–18 points :	0–10 points :
Tu as très bien travaillé !	Ça va, mais tu peux mieux faire !	Trop de fautes ! Recommence ce chapitre !

9 Die Präpositionen

1

b) Bastien travaille **à l'**ordinateur.
c) Je viens **des** USA.
d) Jules est le frère **du** voisin.
e) J'adore le gâteau **aux** pommes.
f) Fatima est **au** cours d'allemand.

2

a) sous la table
b) à Berlin
c) sur la chaise
d) dans la chambre
e) devant la boulangerie
f) entre les chaises
g) derrière la maison
h) en Allemagne

3

a) **Le** lundi, j'ai français, allemand et anglais.
b) **Après** le foot, il va à la maison.
c) **À** 10 heures, c'est la récréation.
d) Qu'est-ce que tu fais **le** samedi ?
e) Il arrive **avant** 9 heures.
f) Il va rester **après** 19 heures !
g) **Avant** la guitare, elle va chez Lucie.
h) Quand ? **À** onze heures ?

4

a) avec le stylo noir
b) en voiture
c) contre la chaise
d) à/en vélo
e) contre la porte
f) à trois

Test

1

a) **à la** maison b) **au** magasin c) **au** collège d) **à la** cantine
e) **aux** pommes f) **au** bureau

2

b) Voilà le lit **de la** sœur d'Emma.
c) C'est la photo **du** chat de Tom ?
d) Est-ce que ces photos sont les photos **de l'**anniversaire de Sophie ?
e) Ce sont les livres **des** enfants.

3

a) à onze heures b) avant les cours c) après les vacances d) de huit heures à treize heures e) le jeudi

4

a) Arrive avant trois heures, s'il te plaît !
b) Comment ? Elle reste trois mois en France ?
c) Fabien est en cours.
d) Il a beaucoup travaillé avant son arrivée.

5

a) J'arrive en/à vélo.
b) À dix heures, je pars./Je pars à dix heures.
c) Le chat est sous la table.
d) Nous sommes dans la classe du père de ma copine.

19 – 23 points :	12 – 18 points :	0 – 11 points :
Tu as très bien travaillé !	Ça va, mais tu peux mieux faire !	Trop de fautes ! Recommence ce chapitre !

10 Der Satz im Französischen

1

a) c) e)

2

a) Paul écoute une chanson. b) Je vais à la boulangerie. c) Elle a beaucoup de BD d) Ils restent à la maison.

3

a) Demain, je vais au musée./Je vais au musée demain. b) Il a trouvé le livre de Kathrin. c) Je cherche mon portable dans ma chambre. d) Il a treize ans.

4

a) **regarder** la télé b) **faire** les devoirs c) **écouter** la musique d) **trouver** les clés e) **commencer** le déjeuner

5

b) Il regarde le texte. c) Nous dansons une/la danse. d) Je souffle les bougies. e) Ils ont un frère. f) Tu préfères le foot.

6

a) Elle parle à son père. b) Lundi, Claire téléphone à sa cousine. c) Pierre demande le DVD à sa sœur. d) Karl demande l'exercice à sa copine.

7

a) Sie spricht mit ihrem Vater. b) Am Montag telefoniert Claire mit ihrer Cousine. c) Pierre fragt seine Schwester nach der DVD. d) Karl fragt seine Freundin nach der Übung.

8

a) Il cherche la carte. b) Ils téléphonent à leur copain Maurice. c) Il parle à son père. d) Nous jouons avec Gino. e) Écoute la musique !

9

a) Demande **à** Patrick ! b) Tu cherches tes CD ? c) Nous téléphonons **à** Marie. d) Ils parlent **à** leur frère.

10

a) Il n'est pas de Paris. b) Elle ne parle pas à Kathrin. c) Nous ne cherchons pas la boulangerie. d) M. Dumartin ne téléphone pas à Mme Dreudon.

11

a) Il ne mange plus la pomme. b) Elle n'aime pas le garçon.
c) Nous ne restons plus dans l'appartement.

12

a) Je ne cherche plus. b) Elle ne prend plus de gâteau. c) Il n'a pas de portable ?
d) Elles ne sont pas à la piscine.

13

a) Non, elle **ne fait pas de fête**. b) Non, elle **n'a pas de gâteaux**.
c) Non, je **ne mange pas de pommes**. d) Non, nous **n'aimons pas la musique**.

14

b) Nous ne pouvons pas venir parce que nous sommes malades.
c) Marie va à la boulangerie parce qu'elle veut acheter du pain.
d) Mme Dupuis va dans un restaurant parce qu'elle a faim.
e) Je ne paie pas parce que je n'ai pas d'argent.

15

b) Je t'appelle quand j'arrive chez Martine. c) Quand il fait froid, on reste à la maison. d) Qu'est-ce qu'on dit quand on ne comprend pas ?
e) Qu'est-ce que tu cherches quand tu es dans une librairie ?

16

		quand	parce que
a)	Je ne suis pas là ________ j'ai raté le bus.	☐	☑
b)	Il va appeler ________ il part.	☑	☐
c)	________ Luc a soif, il boit un coca.	☑	☐
d)	Léa dort ________ elle est à la maison.	☑	☐
e)	Elle a fait une pizza ________ Paul adore ça !	☐	☑

17

a) Intonationsfrage b) Aussage c) Intonationsfrage d) Intonationsfrage e) Aussage

08

Hörverstehenstext:
Tu as faim ? • Elle trouve ses clés. • Elle travaille bien ? • Vous avez le livre ? • Elle écoute de la musique.

18

a) c) d)

19

a) Vous habitez à Paris ? b) Tu regardes le DVD ? c) Tu fais du foot(ball) ?/ Tu joues au foot(ball) ?

20

b) Ils sont contents ? c) Il a un vélo (noir) ? d) Elle aime/adore les chats ?

21

a) Est-ce qu'il aime le théâtre ? b) Est-ce que tu fais de la guitare ?
c) Est-ce que vous invitez Flo ? d) Est-ce que tu travailles beaucoup pour l'école ?
e) Est-ce qu'elle parle à sa mère ?

22

a) Mag er das Theater? b) Spielst du Gitarre? c) Ladet ihr Flo ein?/Laden Sie Flo ein? d) Arbeitest du viel für die Schule? e) Hat sie mit ihrer Mutter gesprochen?

23

b) Qu'est-ce que tu fais ? c) Quand est-ce qu'il arrive ? d) Où est-ce que vous êtes ?
e) Pourquoi est-ce qu'il ne travaille pas ? f) Combien ça coûte ?

24

a) **Quand** est-ce qu'il est à la maison ? b) **Qu'est-ce que** c'est ?
c) **Où** est-ce que vous allez ? d) **Combien** ça fait ? e) **Comment** tu t'appelles ?

25

a) **Qu'**est-ce que tu aimes ? b) **Combien** ça coûte ? c) Ton père travaille **où** ?
d) **Quand** est-ce que le cours commence ? e) **Pourquoi** tu n'aimes pas le foot ?

26

b) Combien est-ce que ça fait/coûte ? c) Quand est-ce qu'il travaille ?
d) Pourquoi est-ce qu'elles n'aiment pas l'athlétisme ? e) Quand est-ce qu'on mange ?

Test

1

a) Le lundi, elle va au foot. b) Tu ne fais pas de guitare.
c) Aujourd'hui, Marie ne parle pas à Luc. d) Nous ne sommes pas de Paris.
e) Elle regarde des photos de vacances.

2

a) Je ne fais pas cet exercice ! b) Elle parle à André. c) Elle ne demande pas à son père. d) Nous n'avons pas faim.

3

a) Elle **ne** cherche **plus**. b) David **n'**a **pas d'**ordinateur. c) Elle **n'**écoute **pas**.
d) Il **n'**a **plus d'**eau. e) Nous **n'**avons **pas de** chiens.

4

b) Il mange parce qu'il a faim. c) Quand elle est à l'école, elle ne travaille pas beaucoup. d) Ils ont froid quand ils sortent le soir.

5

a) Quand est-ce que tu vas chez Céline ? b) Elle habite dans une grande maison ?
c) Est-ce que tu parles français ? d) Pourquoi est-ce que tu aimes le sport ?

6

b) Est-ce qu'il arrive ? c) Est-ce que tu fais du sport ? d) Où est-ce qu'elle est ?

7

b) Vous aimez les pommes ?/Est-ce que vous aimez les pommes ?
c) Pourquoi tu es dans ton lit ? Pourquoi est-ce que tu es dans ton lit ?

26–28 points :	15–25 points:	0–14 points :
Tu as très bien travaillé !	Ça va, mais tu peux mieux faire !	Trop de fautes ! Recommence ce chapitre !

11 Leseverstehen

1

Salut !, À plus !, Ciao !

2

Chère Miriam,

Merci pour ton **cadeau** ! C'est très **joli**. Encore **merci**. Je suis très **contente** !
C'est très **sympa**. Tu es une fille **géniale** !
Bises
Pia

3

a) faux : Nous n'allons pas aller à la piscine avec la classe. b) vrai
c) faux : Je vais écrire un autre courriel pour donner un autre jour. d) vrai
e) faux : Je ne suis pas là aujourd'hui. f) faux : Il est professeur de français et d'histoire.

4

a) Valérie a 13 ans.
b) Non, elle est à Leipzig.
c) Non, il est l'ami de Valérie.

5

a) vrai b) faux : Valérie n'aime pas l'école. c) vrai d) vrai
e) faux : Frederico habite chez sa tante.

6

Offre A

7

a) Elle a trois chambres.
b) Elle est très grande.
c) Elle coûte 2 000 euros.
d) Elle a deux chambres.

8

a) Claire est à Paris.
b) Elle est avec sa famille
c) La ville est géniale, super.
d) Ils sont à la tour Eiffel.
e) Ils vont au musée du Louvre.
f) Elle voudrait un cadeau de son père.
g) Ils habitent dans un camping à 30 km de Paris.

9

a) À quelle heure commence le film ?/Le film commence à quelle heure ?
b) Le cinéma est où ?
c) Je peux inviter Sophie aussi ?
d) Tu aimes aller au cinéma ?

10

a) Demain, je **vais danser**.
b) Mes parents **vont parler** aux professeurs.
c) Tu **ne vas pas faire** tes devoirs ?
d) Mon frère **va rester** à la maison.
e) Qu'est-ce que vous **allez faire** demain ?
f) Ils **ne vont pas partir** en vacances.

11

Musterlösung:
Traversez la rue Via Depretis et continuez à gauche jusqu'à la rue V. Cavour. Au carrefour, tournez à droite. C'est la rue V. Cavour. Après, c'est un peu loin, mais vous arrivez à la rue Via dei Fori Imperiali. Continuez tout droit jusqu'à Colisée. Et voilà, vous êtes arrivé.

12

a) Ben b) Fleur c) Bend d) Fleur

Test

1

Musterlösung:

Salut Laure ! Ça va. Merci de/pour ton SMS. À la piscine ? C'est une bonne idée ! J'ai téléphoné à Pauline. Elle est d'accord. À 15 heures devant la piscine ? Salut.
À demain !

2

a) Alain est le frère de ma mère, c'est mon **oncle**. b) Ma tante est la sœur de ma **mère**. c) La mère de mon père est ma **grand-mère**. d) Je n'ai pas de sœur, mais un **frère** : Tom.

3

a) À Lyon. b) Oui, je suis allemand. c) Il a trois ans. d) Oui, ils habitent à Paris.

4

Musterlösung:

Dans notre cuisine, nous avons une table et quatre chaises pour mon père, ma mère, mon frère et moi. Notre cuisine est grande.

5

a) Elle invite ses amis à sa fête. b) Ils cherchent une idée pour Estelle.
c) Nous cherchons aussi sur Internet. d) Tu as une idée de cadeau ?

6

a) Pendant les vacances, je fais une fête. b) Je passe deux semaines chez ma cousine. c) Nous faisons des jeux.

7

a) – b) Martin c) Gregory

8

a) à la **gare** b) à la **station** c) à l'**aéroport** d) au **garage**

25 – 29 points :	15 – 24 points :	0 – 14 points :
Tu as très bien travaillé !	Ça va, mais tu peux mieux faire !	Trop de fautes ! Recommence ce chapitre !

12 Hörverstehen

1

Hörverstehenstext:
a) – **Salut** Marie ! – **Salut** Isabelle. **Ça va** ?
b) – Corinne ? – Oui. – **Bonjour**, moi, c'est Maude !
c) – **Salut**, ça va ? – Oui, merci. **Ça va, et toi** ?

2

a) Bonjour !, Salut ! b) À plus !, Salut !, Ciao ! c) Pardon ! d) Merci !

3

Jours	Heure	Cours	Salle
lundi	10 h 15	géo	A 10
mardi	11 h 30	allemand	B 16
mercredi	9 h 45	maths	C 2
jeudi	8 h	anglais	C 21
vendredi	11 h 30	allemand	A 11

Hörverstehenstext:
- On a un nouvel emploi du temps.
- Ah bon ? Qu'est-ce que ça veut dire pour nous ?
- On a géo maintenant le lundi après la récréation de 10 heures.
- D'accord.
- On a aussi allemand le mardi et le vendredi à 11 h 30.
- Tu as la salle ?
- Oui, salle B 16 le mardi et salle A 11 le vendredi.
- OK. Et le mercredi ?
- Comme toujours, maths en C 2 à 9 h 45. Ah oui, on a anglais maintenant le jeudi matin.
- À 8 heures ?
- Oui, à 8 heures…

4

Il fait beau. Il fait chaud. Il y a du soleil.

Hörverstehenstext:
Bonjour ! Le temps d'aujourd'hui ? Aujourd'hui, il va faire un super temps ! Il fait chaud, il fait 30 degrés ! Alors, allez à la piscine !

5

Hörverstehenstext:

Catherine :	**Allô ?**
Franck :	Bonjour, Catherine, c'est Franck !
Catherine :	**Ah, salut Franck ! Ça va ?**
Franck :	Oui, ça va ! Merci. Qu'est-ce que tu fais cette après-midi ?
Catherine :	**Je ne sais pas encore. Et toi ?**
Franck :	On va à la piscine. Estelle, Marc et moi. On t'invite !
Catherine :	**Bonne idée ! Merci. J'arrive à 14 heures. D'accord ?**
Franck :	D'accord ! Salut. À plus !

6

Hörverstehenstext:

a) – Ce **CD** ? **C'est** combien ? – C'est **24** **(vingt-quatre)** euros. – Il est **cher** !

b) – **Bonjour**, Monsieur ! Six pommes, s'il vous plaît ! – Et voilà ! – Ça coûte **combien** ? – 4 **euros** 10 ! – Voilà ! – **Merci**, au revoir !

c) – Tu **prends** ces crayons ? – Non, je prends deux stylos noirs. – Tu les as trouvés ? – Oui, mais ils coûtent combien ? – **Demande** à la **vendeuse** ! – **Pardon**, Madame, les deux crayons noirs **coûtent** combien, **s'il vous plaît** ?

7

Hörverstehenstext:

Ober:	– Bonjour ! Vous **désirez** ?
Mädchen:	– Bonjour ! Je **voudrais un coca**, s'il vous plaît !
Junge:	– Et moi, je **prends** un **jus de pomme**.
Ober:	– Et pour **manger** ?
Junge:	– Vous avez la **carte** ?

Test

1

Hörverstehenstext:

a) – **Bonjour**, Monsieur !
– **Bonjour**, Claire. **Ça va** ? C'est qui ?
– **C'est** Paul Dujardin. Il est dans ma **classe**.

b) – Regarde, ce **cadeau** est pour toi !
– **Pour** moi ? C'est sympa ! **Merci**.
– **Pardon**, mais **non**, ce n'est pas pour toi ! **C'est** pour Namira !
– Oh…

2

Hörverstehenstext:

- On a un nouvel emploi du temps.
- Ah bon ? Qu'est-ce que ça veut dire pour nous ?
- On a géo maintenant le lundi après la récréation de 10 heures.
- D'accord.
- On a aussi allemand le mardi et le vendredi à 11 h 30.
- Tu as la salle ?
- Oui, salle B 16 le mardi et salle A 11 le vendredi.
- OK. Et le mercredi ?
- Comme toujours, maths en C 2 à 9 h 45 heures. Ah oui, on a anglais maintenant le jeudi matin.
- À 8 heures ?
- Oui, à 8 heures …

a) L'allemand est le mardi et le vendredi à 11 h 30.
b) En A 10, c'est (la) géo.
c) Non, l'anglais est le jeudi matin à 8 heures.

3

a) Il fait beau.
b) Il y a beaucoup de soleil.
c) Il fait chaud.

4

Hörverstehenstext:

Catherine :	Allô ?
Franck :	Bonjour, Catherine, c'est Franck !
Catherine :	Ah, salut Franck ! Ça va ?
Franck :	Oui, ça va ! Merci. Qu'est-ce que tu fais cette après-midi ?
Catherine :	Je ne sais pas encore. Et toi ?
Franck :	On v a à la piscine. Estelle, Marc et moi. On t'invite !
Catherine :	Bonne idée ! Merci. J'arrive à 14 heures. D'accord ?
Franck :	D'accord ! Salut. À plus !

17

a) Allô ? b) Salut ! c) Ça va ? d) On t'invite ! e) D'accord !

5

a) Je cherche des CD.
b) Voilà !
c) Deux croissants, s'il vous plait !
d) Je voudrais des pommes.

6

a) Je voudrais une eau minérale. Je prends un coca. Un diabolo, s'il vous plaît !
b) Vous avez des crêpes ? Deux crêpes au nutella!

26 – 29 points :	15 – 25 points :	0 – 14 points :
Tu as très bien travaillé !	Ça va, mais tu peux mieux faire !	Trop de fautes ! Recommence ce chapitre !

Fotolia, New York: 9.1 (PackShot); 9.3 (rcfotostock); 81.1 (DoraZett); 81.2 (Nadia Cruzova); Shutterstock, New York: U1 (morrowlight); Thinkstock, München: 143, 154 (ET-ARTWORKS); 9.2 (Violet711); 9.4 (stevanovicigor); 41.1 (grafvision); 41.2 (IPGGutenbergUKLtd); 41.3 (katkov); 41.4 (EEI_Tony); 44.1 (Ryhor Bruyeu); 44.2 (crwpitman); 44.3 (JuFagundes); 44.4 (pressdigital); 44.5 (KatarzynaBialasiewicz); 44.6 (Comstock); 45 (Picsfive); 46 (AlexStar); 65.1 (gpointstudio); 69.2 (Cathy Yeulet); 81.3, 164.3 (Ingram Publishing); 86.1 (Jupiterimages); 86.2 (fotokostic); 86.3 (SerrNovik); 86.4 (justme_yo); 86.5 (Wavebreakmedia Ltd); 86.6 (moodboard); 99.1, 120.6 (Purestock); 99.2 (lzf); 99.3 (ViktorCap); 112.1 (TommL); 112.2 (Connel_Design); 120.1 (I_AM_JASON); 120.2 (ChristinLola); 120.3 (Alexey Klementiev); 120.4 (Chris Stowers); 120.5 (Digital Vision); 152 (Giambra); 155.2 (Michael Blann); 156.1 (Schnapps2012); 156.2 (Digital Vision.); 156.3 (ColorBlind Images LLC); 164.1 (SStajic); 164.2 (JulyVelchev)